FOLIO
JUNIOR

Cet ouvrage a précédemment été publié en 2007
chez Gallimard Jeunesse dans
la collection « Hors-piste » sous le titre :
*La prodigieuse aventure de Tillmann Ostergrimm.*

# Jean-Claude Mourlevat

# Le garçon
# qui volait

Illustrations de Marcelino Truong

GALLIMARD JEUNESSE

*Pour Colin,
roi des airs, évidemment.*

J.-C. M.

# 1
## Dans lequel Tillmann contrarie son père

On en était déjà au dessert. Le dîner touchait à sa fin. Hermann Ostergrimm, repu, dégraissa sa bouche luisante en la tapotant de sa serviette. Son embonpoint tendait le tissu de sa chemise entre les revers du veston et, quand il écarta les bras pour s'étirer, le ventre sembla vouloir envahir toute la salle à manger. C'était un gaillard de haute taille, puissant de corps et de voix, à la barbe noire et drue. Il occupait la place du chef de famille, en bout de table, cette même chaise à haut dossier sur laquelle s'étaient assis avant lui ses ancêtres.

Ceux-ci bombaient le torse dans leurs cadres accrochés au mur, entre les fenêtres. La flamme des chandelles, qui animait leurs yeux de lueurs dansantes, les rendait presque vivants. De gauche à droite, on reconnaissait l'aïeul, Ambroos Ostergrimm, qui portait encore une collerette blanche, à l'ancienne mode. Près de lui, Cornelius Ostergrimm, son fils, qui poussait en avant une inquiétante mâchoire de carnassier. Un peu plus loin, Paulus Ostergrimm, l'arrière-grand-père, dont les yeux saillants de crapaud faisaient peur aux enfants. Robrecht Ostergrimm, enfin, le grand-père, presque jovial, lui, et auquel le peintre aurait tout de même pu enlever un peu de rouge aux pommettes.

Hermann, leur descendant, contempla son petit monde avec satisfaction. En face de lui, à l'autre bout de la table de chêne, sa femme, Maartja, au long visage mou, se retenait désespérément de bâiller, ce qui lui tordait la bouche, les joues, et lui mettait les larmes aux yeux. Une bonne épouse, oui, une brave et bonne épouse, bien fidèle et bien dévouée, se dit-il. Dommage qu'elle eût cette santé fragile, qui la laissait triste et fatiguée dès le matin. Les médecins parlaient de mauvais sang, d'humeur noire, de mélancolie. Enfin, qu'importe le nom, rien ne la guérissait. Mais après tout, pensait Hermann Ostergrimm en guise de consolation : mieux vaut supporter cela que d'avoir sans cesse sur le dos une femme qui pérore et vous assomme.

À sa droite, la petite Babeken, la prunelle de ses yeux, jouait à rassembler des miettes de pain avec son index. Ses cheveux blonds bouclés, son petit nez retroussé, ses taches de son et l'air frondeur de ses six ans faisaient comme un soleil partout où elle se trouvait.

– Babeken ! appelait Hermann Ostergrimm dès qu'il rentrait du travail, Babeken ! Viens embrasser ton vieux papa !

Elle se précipitait sur lui, bondissait dans ses bras ou sur son dos et le bourrait de coups de poing. Alors il riait à s'en étouffer, et lui donnait des baisers dès qu'il parvenait à la maîtriser. Quand par hasard elle n'était pas là, il était contrarié et trouvait à redire à tout. S'il en était une qui savait lui tenir tête dans la maison, c'était elle. Elle le faisait manger dans sa main, comme on dit ! Elle le menait par le bout de son long nez, lui, Hermann Ostergrimm, un homme capable d'effrayer n'importe lequel de ses quatre-vingts ouvriers en fronçant un sourcil.

À sa gauche, pour finir, se trouvait Tillmann, son grand fils, qui finissait sa poire au sirop avec des manières un peu trop délicates à son goût. Oh, il lui faisait un peu de souci, celui-là, avec ses bras menus et cette fichue habitude de rêvasser, mais il prendrait du poil de la bête, avec le temps. Il n'avait que quinze ans après tout. Il serait son successeur, le moment venu. Il dirigerait la tonnellerie. Il saurait mater les ouvriers, comme un Ostergrimm sait le faire. Tiens, demain, je l'emmènerai avec moi à la fabrique et je lui montrerai la chauffe, pensa-t-il. Les enfants adorent voir brûler les copeaux qui chauffent les barriques pour assouplir le bois.

L'horloge sonna huit heures. La bonne à tout faire bossue attendait, debout à la porte, qu'on lui ordonne de desservir.

– Allez ! dit simplement Ostergrimm, et cela signifiait qu'on pouvait se lever de table.

Babeken sauta aussitôt de sa chaise et vint lui donner le baiser du soir. Maartja s'arracha péniblement de la sienne et se dirigea vers son fauteuil où on lui servirait son thé. Comme Tillmann tardait, son père le pressa un peu :

– Dépêche-toi, mon fils. Demain matin, je t'emmène avec moi. Il faut que tu t'habitues à te lever tôt. Quand tu seras tonnelier, plus tard...

À cet instant arriva une chose étonnante. Cela ne prit que trois secondes environ, mais ce fut aussi violent que si on avait tiré un coup de canon dans la pièce, car Tillmann interrompit son père par ces mots :

– Je ne veux pas être tonnelier, plus tard, mon père.

Sa voix était faible, mais précise et déterminée. Il courba la tête et regarda fixement le fond du bol où brillait encore un peu de sirop.

Depuis son cadre en bois sculpté, Ambroos Ostergrimm, illustre fondateur de la tonnellerie, tressaillit dans sa collerette ; Cornelius contracta ses maxillaires ; les yeux de Paulus se gonflèrent, prêts à sortir des orbites ; Robrecht se contenta, lui, d'un sourire amusé.

Les vivants ne furent pas moins estomaqués. Babeken, qui s'en allait déjà, stoppa net sa course et regarda son frère comme s'il venait de proférer un épouvantable gros mot. Leur mère, pourtant indifférente à tout ou presque, suspendit le mouvement qu'elle faisait pour s'asseoir sur le fauteuil. La bonne, par réflexe, fit un pas en arrière, et on ne vit plus que le bout de sa coiffe blanche qui pointait de temps en temps à la porte.

– Pardon ? demanda Hermann Ostergrimm. Tu as dit ?

– J'ai dit que je ne veux pas devenir tonnelier, plus tard, mon père.

Babeken se jeta sous la table, avança à quatre pattes et pinça Tillmann de toutes ses forces à la cuisse. Elle qui pouvait se permettre toutes les fantaisies avec son père, et qui se les permettait toutes, d'ailleurs, détestait que quelqu'un d'autre en fît autant. C'était son domaine réservé en quelque sorte, et son frère était sans doute devenu fou. Elle voulut le mordre au mollet, mais il se défendit en l'envoyant valdinguer d'un coup de semelle.

Hermann Ostergrimm ne répondit pas tout de suite. Il prit le temps de se servir un verre de vin, le but à demi et le reposa très calmement à côté de la carafe.

– Et pourquoi donc, mon fils, ne veux-tu pas devenir tonnelier plus tard, si je puis savoir ?

– Parce que… commença Tillmann.

– Regarde-moi quand tu me parles.

Tillmann leva les yeux, et quand il croisa ceux, pénétrants, de son père, il se sentit vidé de tout son courage. Toutes les belles phrases qu'il avait élaborées pour s'expliquer de la meilleure façon, toutes ces belles phrases s'emberlificotèrent horriblement, et il fut incapable de retrouver la première.

– Je t'écoute. Pourquoi ne veux-tu pas devenir tonnelier ?

– Parce que... je n'aime pas ça, mon père.

– Tu n'aimes pas ça...

– Non, je n'aime pas ça.

– Eh bien, en voilà, une excellente raison !

Tillmann s'était attendu à voir son père s'emporter, jurer, écumer de rage. Au lieu de quoi il était tout sucre et tout miel. Peut-être avait-il pâli un peu. Il finit son verre et se massa longuement les ailes du nez.

– Viens avec moi, mon fils, viens... dit-il enfin, et il l'entraîna dans le corridor où leurs vêtements d'hiver étaient accrochés à la patère. Habille-toi bien, nous allons faire une petite promenade.

Ils jetèrent leur cape sur leurs épaules, descendirent l'escalier, traversèrent la cour et sortirent dans la nuit froide. Ostergrimm marchait devant, tenant la lampe à huile à bout de bras. Il allait d'un pas rageur, comme si la colère, n'ayant pu passer la bouche, était descendue dans les pieds. Tillmann suivait de son mieux, tâchant de ne pas trébucher sur les pavés disjoints de la rue. Ils prirent la rue au Beurre, celle du Pélican, celle des Aveugles, celle des Tanneurs, celle des Souliers, et parvinrent finalement à la place du Marché.

– Bien… dit le père, avec trop de douceur. Où sommes-nous à ton avis ?

La place était sombre et déserte, mais Tillmann n'eut aucune peine à reconnaître l'endroit.

– Nous sommes à la fabrique, mon père.

– Oui. Et que fabrique-t-on dans cette… fabrique ?

– Des tonneaux.

– Oui. Depuis combien de temps ?

– Depuis cent cinquante ans, mon père.

– C'est juste. Qui dirige cette tonnellerie, aujourd'hui ?

– C'est vous, mon père.

– Bien. Qui dirigeait la tonnellerie avant moi ?

– Grand-père Robrecht.

– Et avant lui ?

– Grand-père Cornelius.

– Et avant lui ?

– Grand-père Paulus.

– Et avant lui ?

– Grand-père Ambroos.

– Bien. Et que vois-tu là, gravé au-dessus du portail d'entrée ? Tiens, je soulève la lampe pour que tu y voies mieux.

– Je vois le O et le G entrelacés.

– Oui, et qu'est-il inscrit en belles lettres de fer forgé, juste au-dessous ?

– Il est inscrit : OSTERGRIMM PÈRE ET FILS DEPUIS CENT CINQUANTE ANS.

– C'est bien. Et qui suis-je pour toi, au fait ?

– Vous êtes mon père, mon père.

– Et toi, tu es ?

– Votre fils, mon père.

– C'est parfait. Et bien rentrons à la maison, n'est-ce pas ? Il ne fait pas si chaud.

Ils retraversèrent la place du Marché aussi vite qu'en venant, et ils reprirent les mêmes rues qu'à l'aller, au même pas de charge : la rue des Souliers, celle des Tanneurs, celle des Aveugles, celle du Pélican et celle au Beurre. Quand ils arrivèrent, tout le monde était au lit, sauf la bonne qu'on entendait ranger la vaisselle dans le buffet de la cuisine.

– Demain au dîner, dit Ostergrimm en ôtant sa cape, nous reprendrons notre conversation. D'ici là, tu as le temps de bien réfléchir. Bonne nuit, mon fils.

Tillmann se déshabilla lentement, enfila sa chemise de nuit et se coucha. De l'autre côté de la mince cloison de bois, Babeken cogna trois petits coups :

– Till ! Till ! Qu'est-ce qu'il t'a montré ?

Il ne répondit pas, souffla sa bougie et se pelotonna sous l'édredon de plumes. Ah, si seulement grand-mère Fulvia avait encore été de ce monde… Elle était si drôle et si gentille. Elle savait le protéger, elle, et n'aurait pas laissé Hermann Ostergrimm le traiter ainsi.

– Hermann, laisse donc cet enfant tranquille, sinon je lui raconte comment tu te comportais à son âge. C'est ce que tu veux ?

Voilà ce qu'elle aurait dit à son fils, et il n'aurait pas insisté.

Mais elle n'était plus là, grand-mère Fulvia.

Grand-père Robrecht était parti le premier. Puis elle. Et la gaieté avait quitté la maison avec eux. L'amour aussi. Il semblait à Tillmann que la tendresse avait sauté une génération, dans cette famille.

# 2

## Où Tillmann s'entête
## et reçoit une étrange visite

Le lendemain matin, comme prévu, Hermann Ostergrimm réveilla son fils de bonne heure. Ils prirent ensemble leur petit déjeuner, entre hommes : du bouillon pour le père, du lait pour le fils, et des tranches de pain noir avec du beurre pour les deux. Puis ils se rendirent à la fabrique. En chemin, ils n'échangèrent pas un mot. Une fois sur place, Tillmann fut confié à un contremaître bougon chargé de le conduire à travers la tonnellerie. L'homme, qui aurait sans doute préféré ne pas perdre son temps à ça, ne lui manifesta aucune chaleur, ni aucun intérêt. Il se contenta de le précéder, de s'arrêter dans chaque atelier pour un bref commentaire, presque hurlé à ses oreilles pour surmonter le vacarme des tonneaux qu'on roulait, des coups de haches et de marteaux, des appels et des cris :

– Ici, c'est la merranderie ! C'est là qu'on débite le bois pour faire les douelles ! Là-bas, dans la cour, c'est le séchage ! Ici, le dolage ! Ici le jointage ! Là c'est la « mise en rose » ! Tu sais ce que c'est la mise en rose ? Non ? Et bien tu demanderas à ton père. Là, c'est la chauffe, pour cintrer le bois ! Et maintenant je te laisse, parce que j'ai d'autres choses à faire, monsieur le fils.

Tillmann n'aima pas du tout cette façon de le nommer « monsieur le fils ». Est-ce que c'était sa faute à lui d'être qui il était ? Partout, les ouvriers l'avaient lorgné sans sympathie, et ils s'étaient montrés encore plus bruyants que d'habitude, peut-être pour l'effrayer. Ici, à la chauffe, c'était plus calme. Un colosse, torse nu, entretenait le brasero sur lequel on coiffait les tonneaux à l'envers. Tillmann le compara à Vulcain et resta un instant à regarder les flammes rouges et bleues qui léchaient le bois.

– Alors, demanda l'ouvrier, c'est toi qui vas nous commander, bientôt ?

Moqueur, il toisa le garçon qui devait faire la moitié de son poids, puis il saisit un tonneau et le souleva au-dessus de sa tête pour le déplacer. Les muscles de son torse et de ses bras, luisants de sueur, se gonflèrent.

Tillmann haussa les épaules et s'en alla. Décidément, il n'était pas à sa place, ici.

Dehors, un pâle soleil d'hiver répandait sur la ville sa douceur fragile. Au lieu de rentrer, Tillmann marcha au hasard des rues, le cœur lourd. Que dirait-il à son père, ce soir ? Peut-être valait-il mieux faire mine de se soumettre, et repousser à plus tard la confrontation ? Mais ce « plus tard » viendrait vite, puisque Tillmann devait commencer son apprentissage au printemps. D'un autre côté, la moitié du chemin était faite désormais, puisqu'il avait osé tenir tête, la veille. Autant enfoncer le clou, alors ? Oui, mais la colère de son père serait épouvantable. Et, pire que sa colère : sa déception... Que faire ? Cette question lui nouait le ventre et lui donnait presque mal au cœur.

Sur l'étang gelé, des garçons de son âge patinaient en riant de leurs glissades et de leurs chutes. Leurs culottes rouges, leurs bonnets verts faisaient des taches de couleur sur la glace toute blanche de givre. Il envia leur insouciance. Il passa l'après-midi à vagabonder, les poings serrés dans ses poches. Il monta jusqu'aux quartiers hauts d'où on voyait miroiter l'eau du port.

Là-bas, on déchargeait de leurs épices des bateaux venus de l'autre côté du monde ; on parlait des langues inconnues ; on avait la peau brûlée par le soleil. Il lui vint à l'idée qu'il pourrait y courir, se cacher dans le premier bateau en partance et se laisser emporter dans un de ces pays où l'on vit presque nu, où l'eau n'est pas froide et grise comme ici, mais au contraire tiède et transparente, où le ciel est enchanté d'oiseaux multicolores.

Quand il redescendit, une nuit violette se coulait déjà sur la ville. Sur l'étang gelé, il n'y avait plus d'enfants. Plus il approchait de sa maison, et plus l'angoisse l'étreignait.

Il monta l'escalier et entra sans bruit. Dans la cuisine, Babeken, perchée sur un baquet renversé, épluchait des légumes avec la bonne. Maartja, sa mère, ne lui demanda même pas où il avait passé la journée.

– Ne fais pas de bruit, dit-elle seulement depuis son fauteuil et le front dans la main, j'ai mal à la tête.

Elle alla se coucher très tôt, et ils dînèrent sans elle.

À table, Hermann Ostergrimm afficha une bonne humeur forcée. Il plaisanta avec Babeken, lui fit raconter sa journée et rit très fort aux bêtises qu'elle avait faites. Quelle comédie ! pensa Tillmann.

Quand ils eurent bien ri, tous les deux, on avait fini le dessert. Il y eut un assez long silence. La bonne, à la porte, gonfla sa bosse et fit son petit pas en arrière. Alors le père se racla la gorge :

– Au fait, Tillmann, comment s'est passée la visite, ce matin ?

– Très bien, mon père.

– As-tu tout vu ? Est-ce qu'on t'a montré la « mise en rose » ? Sais-tu ce que c'est ?

– Je le sais ! Je le sais ! s'écria Babeken, le doigt en

l'air comme à l'école, en trépignant pour qu'on l'interroge.

— Tais-toi ! la rabroua le père avec une sévérité inhabituelle à son égard. Et d'ailleurs, va te coucher. J'ai à parler avec ton frère.

La petite, qui savait quand s'arrêtait le jeu, se leva sans discuter et fila, bientôt suivie par la bonne. Désormais, ils étaient seuls. Entre le tic-tac régulier de l'horloge, les battements de son cœur et la présence implacable de son père, Tillmann se sentit pris comme un petit animal à la merci de son prédateur.

— Alors, mon fils, demanda Ostergrimm, tu as eu le temps de réfléchir. Qu'as-tu à me dire, à présent ?

Dans leur cadre, les quatre grands-pères retinrent leur souffle. Tillmann évita l'œil sévère des trois premiers et chercha refuge dans le sourire bienveillant du quatrième. « Ne crains rien, l'encouragea Robrecht en hochant la tête, dis simplement ce que tu penses... » Et Fulvia apparut à son tour, les mains posées sur les épaules de son bon mari. Elle considéra Tillmann avec tendresse : « Oui, n'aie pas peur, mon petit, dis ce que tu dois dire. »

— Alors ? s'impatienta Ostergrimm.

Tillmann affronta son regard, et prononça les mêmes paroles que la veille :

— Je ne veux pas devenir tonnelier, plus tard, mon père.

Comme la veille, le père laissa passer un temps, puis :

— Ah. Et que voudrais-tu devenir, je te prie ?

– Je ne sais pas.

– Tu ne sais pas ?

– Non, je ne sais pas, mon père.

Qu'aurait-il pu répondre ? Qu'il voulait devenir musicien, et jouer du fifre à Carnaval ? Ou bien peintre, comme cet homme à la barbe grise qu'il avait entrevu un jour dans son atelier, debout, face à sa toile éclatante de jaune et de rouge, son pinceau à la main ? Ou bien voyageur, comme ces marins au visage buriné qu'on voyait sur le port. Son père lui aurait éclaté de rire au nez. Les musiciens sont des gueux, les peintres des bons à rien et les voyageurs des fous.

– Tu ne sais pas, dit le père à voix basse et en détachant bien les mots, alors je vais t'aider à savoir. Au printemps, tu entreras comme prévu en apprentissage à la tonnellerie et...

– Je n'entrerai pas en apprentissage, mon père.

– Tu y entreras.

– Je n'y entrerai pas.

Il sembla à Tillmann que c'était un autre qui parlait à sa place. Des frissons parcouraient son corps tout entier.

Soudain le père fut à côté de lui, immense. Il le saisit par le col de sa chemise, le souleva de sa chaise et rugit :

– Comment oses-tu ? Pour qui te prends-tu ? Tu changeras d'avis, je te le promets !

– Je ne changerai pas d'avis ! hurla Tillmann.

La poigne de son père lui faisait mal.

— Tu changeras d'avis !

— Non !

— Si !

— Non !

— Alors va au diable !

Sur ces mots, Hermann Ostergrimm projeta son fils au sol, et s'en alla en jurant. Après deux enjambées, il se retourna et répéta, la bouche haineuse et le doigt pointé vers Tillmann :

— Va au diable !

La porte claqua. Tillmann resta quelques minutes étourdi, la nuque douloureuse. Puis il se leva, marcha lentement jusqu'à sa chambre et se glissa dans son lit sans même allumer sa bougie, la gorge gonflée de sanglots.

— Till ! chuchota Babeken, et elle tapota la cloison de son doigt.

Il ne répondit pas.

— Till, réponds-moi !

Un instant plus tard, elle entrait, sa bougie à la main et protégeant la flamme de l'autre. Elle vint tout près et se tint silencieuse. Voir son grand frère pleurer la rendait grave. Tillmann eut l'impression qu'elle était devenue grande d'un coup.

— Till, fit-elle, les yeux brouillés de larmes, tu ne vas pas t'en aller ?

— Non, Babeken, ne t'en fais pas. Tout va bien. Va te coucher.

Dès qu'elle fut repartie, il pleura de plus belle.

– Grand-mère, viens me voir, s'il te plaît, chuchota-t-il comme à chaque fois qu'il avait besoin d'elle.

Et comme à chaque fois, grand-mère Fulvia vint s'asseoir au bord du lit. Celui-ci ne grinça même pas, tant elle était légère. Il perçut son parfum de violette, et la douceur de sa main sur la sienne.

– Grand-mère, qu'est-ce que je dois faire ?

– Ce que tu dois faire, mon garçon ? C'est très simple. Demain, c'est Mardi gras. Va dans les rues et amuse-toi. Chante, danse, fais le fou et mange des beignets à t'en rendre malade. Pour la suite, on verra.

# 3

## Dans lequel Tillmann accomplit un prodige

Le lendemain matin, comme la bonne ouvrait pour aérer la petite fenêtre grillagée du corridor, on entendit déjà, venant de la basse-ville, le battement clair des tambourins. Tillmann avala son petit déjeuner debout dans la cuisine, évitant ainsi son père qui prenait le sien dans la salle à manger. Puis il suivit le conseil de grand-mère Fulvia et déguerpit. Babeken le rattrapa dans l'escalier qui descendait à la cour. L'inquiétude se lisait dans ses yeux.

— Tu t'en vas ? demanda-t-elle, appuyée à la rampe de bois.

— Non, je te l'ai dit hier. Je ne m'en vais pas. Je vais juste fêter Mardi gras.

— Je viens avec toi.

– Non, tu es trop jeune. Les géants t'emporteraient.

La petite haussa les épaules. Elle n'était pas du genre à craindre les géants de carton ou de paille qu'on promenait dans les rues à Carnaval.

Il ouvrit sa bourse et lui donna une pièce :

– Tiens, tu t'achèteras un beignet.

D'ordinaire, ils s'embrassaient quand on leur demandait de le faire : Embrasse ton frère... Embrasse ta sœur... Cette fois-ci, ils le firent d'eux-mêmes, pour la première fois.

– Au revoir, Till.

– Au revoir, Babeken.


Jusqu'au milieu de l'après-midi, cela fut assez calme, mais ensuite les rues s'emplirent d'une foule bruyante et bigarrée. Beaucoup de gens, des adultes et des enfants, arboraient des masques grotesques, et on voyait surgir partout des têtes d'oiseaux, de monstres ou de chimères. La plainte assourdissante et têtue des cornemuses faisait vibrer l'air. Sur les places, et malgré le froid, des buveurs attablés en plein air exhibaient leurs trognes rouges et brandissaient leurs chopes de bière en braillant des chansons vulgaires.

Tillmann tomba sur deux camarades avec qui il s'amusa un peu. Ils jouèrent entre autres choses à dessiner à la craie des animaux sur les manteaux noirs des dames, mais il les perdit bientôt l'un et l'autre, et il se retrouva plus seul que jamais au milieu de la cohue.

Il mangea quantité de beignets ; il but un gobelet de cidre ; il trouva un masque effrayant dont il se coiffa ; il se cassa la voix à chanter ; il tapa dans ses mains ; mais il eut beau faire : le doigt pointé et la terrible malédiction de son père le poursuivaient sans cesse. « Va au diable ! » avait-il dit. Et il l'avait même proféré une deuxième fois : « Va au diable ! »

Le cortège des géants, sur leurs chars, réussit à dissiper un peu sa tristesse. Leur taille gigantesque, le balancement presque humain de leur tête, les cris de la foule et la musique endiablée le transportèrent un instant dans un monde féerique.

Quand ils disparurent, l'ardeur de la fête s'atténua. Le soir commençait à tomber, mais Tillmann ne pouvait se résoudre à rentrer chez lui. Il se retrouva dans une rue étroite qu'il ne connaissait pas. Des rires et des applaudissements éclatèrent un peu plus loin. Il marcha dans cette direction et parvint à une petite place où des gens s'étaient rassemblés autour d'un spectacle, peut-être des acrobates ou des comédiens. En tout cas, ils semblaient y trouver grand plaisir. Tillmann, lui, ne pouvait rien voir. Il s'approcha et tenta de se frayer un chemin, mais le rideau serré des spectateurs l'en empêcha. Il aurait pourtant bien aimé savoir ce qui déchaînait à ce point les rires. Les premiers rangs s'en étranglaient. Il se hissa en vain sur la pointe des pieds. Près de lui, un enfant perché sur les épaules de son père avait davantage de chance.

– Qu'est-ce que c'est ? lui demanda Tillmann. Qu'est-ce qu'ils font ?

– Ils ont des… et puis ils… commença le petit, mais il riait tant que la fin de sa phrase resta incompréhensible.

Si seulement je mesurais vingt centimètres de plus, se dit Tillmann. Derrière lui, s'amassaient des nouveaux arrivants qui n'y voyaient pas plus que lui.

– Qu'est-ce que c'est ? demanda l'un d'eux en tendant le cou.

Tillmann s'apprêtait à répondre qu'il n'en savait rien, mais il se tut car à présent il distinguait très bien les visages des comédiens, puis il découvrit leur torse, et enfin leur corps tout entier. L'un mimait la poule qui cherche des vers dans le sable, l'autre le cochon qui mange dans son auge, un troisième commentait avec emphase. Il comprit que ces amuseurs imitaient des notables de la ville, et c'est ce qui plaisait tant au public.

La curiosité empêcha tout d'abord Tillmann de se demander par quel étrange phénomène il voyait soudain aussi facilement par-dessus les adultes qui se trouvaient devant lui et qui, normalement, le dépassaient tous d'une tête.

Ce fut l'enfant assis sur les épaules de son père qui donna l'alerte.

La bouche grande ouverte, et tourné vers Tillmann qui se trouvait désormais à la même hauteur que lui, il se désintéressait du spectacle.

– Hé ! cria-t-il d'une voix sonore. Papa, regarde !

Le père pivota d'un quart de tour, considéra Tillmann et s'écria à son tour :

– Hé ! Qu'est-ce qu'il fait, celui-là ?

En même temps, il fit un saut de côté, comme un cabri qui veut échapper aux dents du chien.

– Hé ! reprirent les gens alentours, et eux aussi s'écartèrent de quelques mètres.

Une femme poussa un cri strident et cacha son visage dans ses mains. D'autres firent le signe de croix. Les spectateurs qui étaient devant se retournèrent les uns après les autres et la stupeur les figea. Les comédiens, que personne ne regardait plus, cessèrent leur pantomime. Quand tout le monde fut à une distance respectable de lui, Tillmann Ostergrimm s'avisa de l'incroyable réalité :

Il se trouvait au milieu d'un cercle d'une cinquantaine de personnes stupéfaites.

Il flottait à plus de deux mètres du sol.

Il ne s'appuyait à rien du tout.

Il resta ainsi en suspension, encore plus ahuri que ceux qui le regardaient. C'était une sensation infiniment agréable, mais très gênante aussi. Tillmann, garçon discret par nature, n'aimait pas attirer l'attention. Là, il était servi ! Il plia et déplia ses jambes dans le vide, il activa ses bras et brassa lentement l'air autour de lui, puis il se plia un peu en avant, mais ces mouvements ne le firent pas redescendre d'un pouce. En revanche, l'effet produit sur les spectateurs fut immédiat. Aussi longtemps qu'il était resté immobile, ceux-ci avaient pu croire à une tromperie. Or voilà qu'il bougeait librement, preuve qu'il n'était tenu d'aucune manière, et ceci les épouvanta.

— Excusez-moi... bredouilla Tillmann. Je vais... je...

Le son de sa voix ajouta encore à leur terreur.

— Descends ! brailla quelqu'un.

Tillmann aurait bien aimé le satisfaire et redescendre de la même façon qu'il était monté, mais comment s'y prendre puisqu'il ne pouvait se repousser à rien, puisqu'il flottait dans les airs.

— Va-t'en ! reprit un homme, et il lui jeta un bâton.

Tillmann le reçut sur le poignet et poussa un cri de douleur.

— Oui, va-t'en ! Pchchch ! firent les autres comme pour chasser de leur vue un spectre et, tout en restant à distance, ils lui lancèrent ce qui leur tombait sous la main : une pomme à demi croquée, un morceau de bois, un beignet, une chaussure même qui l'atteignit à la tempe.

— Arrêtez ! gémit Tillmann. Vous me faites mal !

Un garnement d'une quinzaine d'années, sale et à moitié ivre, s'enhardit jusqu'à lui. Il le saisit à la cheville, sans doute dans le but de le tirer vers le bas. Mais il n'en eut pas besoin : dès que Tillmann fut touché, il chuta comme une pierre, dégringola sur le garçon et l'écrasa sous son poids. L'autre se mit à pousser des hurlements de cochon qu'on égorge :

– Aïe ! Il m'a cassé les reins ! À l'aide !

Ses compères, à peine plus âgés, s'avancèrent pour lui porter secours. Certains retroussaient déjà leurs manches et crachaient par terre. Tillmann bondit sur ses jambes, repoussa le blessé qui tentait de l'agripper par la veste et décampa.

Il alla droit devant lui, s'engouffrant dans le passage que lui ouvraient les gens encore sidérés par le prodige auquel ils venaient d'assister.

– Rattrapons-le ! cria un des voyous.

Tillmann fila sans se retourner le long de la petite rue par laquelle il était arrivé. Derrière lui, ses poursuivants s'étaient lancés dans une galopade sauvage et leurs cris résonnaient dans la nuit :

– Attends-nous, l'oiseau ! T'envole pas !

Mais ils étaient bien trop saouls pour courir longtemps. Ils s'épuisèrent, se bousculèrent, se firent tomber les uns les autres, et finirent tous par terre, riant gras et jurant à qui mieux mieux.

Tillmann trottina encore quelques minutes, puis se retourna, hors d'haleine. Il vit alors que quelqu'un le suivait toujours, mais celui-ci ne faisait sûrement pas partie de la bande. Il paraissait plus âgé, et pas du tout ivre. Sa longue silhouette maigre gesticulait au loin. Il était vêtu d'une ample cape noire qui volait derrière lui.

– Jeune homme ! appela-t-il en agitant son chapeau. Jeune homme ! Où courez-vous comme ça ? Attendez-moi, je vous prie !

Il parlait avec un accent anglais à couper au couteau. Sa voix était amicale, presque enjouée. La voix de quelqu'un qui veut rassurer. Mais Tillmann n'avait aucune envie de parler avec qui que ce soit. Il reprit sa course et ne s'arrêta qu'une fois persuadé d'avoir distancé le bonhomme. Alors seulement, il réalisa où il se trouvait et il tressaillit. Le quartier du port était un coupe-gorge, la nuit. Voilà ce qu'il avait entendu dire depuis son enfance. Au lieu de rebrousser chemin, il continua au hasard et se perdit dans le dédale des ruelles sombres. Où comptait-il aller ? Il l'ignorait. Mais tout valait mieux que rentrer à la maison.

Une auberge faisait l'angle au croisement de deux rues. Par la porte grande ouverte s'échappait de la fumée de tabac. La lumière pâlotte de la lanterne parvenait à peine à éclairer l'enseigne qui se balançait en grinçant. « À *la mort subite* » lut Tillmann, mais ceci ne lui fit ni chaud ni froid et il entra.

Une longue table courait sur le côté. Il s'assit tout au bout, sur le banc, dos au mur et attendit que ses yeux s'habituent à la pénombre. L'endroit s'avéra bien plus grand qu'il ne l'avait pensé. Deux serveuses s'activaient dans la salle, des chopes de bière mousse sur les bras. « Laissez passer ! » aboyaient-elles si on se trouvait sur leur chemin. Beaucoup d'hommes jouaient aux dés, à la lueur de bougies dont la cire se répandait sur les tables grossières. D'autres bavardaient, se coupant la parole et s'essayant à qui parlerait le plus fort. La plupart fumaient leur pipe ou bien chiquaient du tabac.

Tillmann fut heureux qu'on ne l'ait pas remarqué. Il ne souhaitait rien d'autre que rester assis au chaud quelques instants et se reposer un peu. Il voulait surtout réfléchir à ce qui venait de lui arriver. Et les questions ne manquaient pas.

Comment était-il monté dans les airs ? Impossible à dire. Au moment où il s'en était rendu compte, il s'y trouvait déjà !

Comment en était-il redescendu ? Quand le garnement l'avait touché, apparemment.

Est-ce qu'il serait capable de recommencer ? Comment savoir ?

Est-ce qu'il fallait s'en réjouir ou bien s'en désoler ? En tout cas, les gens avaient eu très peur, eux !

Tant d'événements étaient arrivés en quelques heures ! D'abord son père, qui l'avait envoyé au diable, et maintenant cette magie…

La fumée du tabac le piquait aux yeux et à la gorge. Près de lui, trois hommes éméchés entonnèrent une chanson dont ils remplaçaient les paroles manquantes par des grognements d'ivrognes. Que faire maintenant ? Rentrer tout de même ? Il fut tenté d'appeler Fulvia pour lui demander conseil, mais l'idée d'attirer sa gentille grand-mère dans un lieu pareil, même en songe, le dissuada. Il imaginait très mal la vieille dame en train de commander un thé au lait à cette serveuse dont les bras ressemblaient à des jambons, et qui s'approchait justement de lui.

— Qu'est-ce que tu fais là, toi ? l'apostropha-t-elle d'une voix puissante. Fiche-moi le camp avant que je t'en descende une ! Tu reviendras quand t'auras du poil au menton !

— Je ne reste pas, s'excusa Tillmann, j'allais partir…

Il se levait déjà quand une voix essoufflée retentit à la porte :

— Ah, tu es là ! Laissez, chère madame, laissez ! Il est avec moi ! Nous avions rendez-vous ici.

Tillmann reconnut aussitôt la voix claironnante et l'incroyable accent anglais de l'homme à la cape noire qui l'avait poursuivi dans la rue. Il avait dû courir sans s'arrêter jusqu'à maintenant, car il était à bout de souffle et rouge comme une écrevisse. Il fit trois enjambées et accrocha au clou son chapeau difforme.

— Ah, si vous êtes ensemble… fit la serveuse sans s'interroger davantage. Je vous apporte ?

— De la bière, charmante madame, de la bière.

Tillmann n'eut pas le temps de protester, elle s'en allait déjà.

— Enfin ! soupira l'homme, j'ai bien cru que je ne vous retrouverais plus ! Vous permettez ? Quelle course !

Et il prit place sur le banc, de l'autre côté de la table.

# 4

## Dans lequel Tillmann
## boit trop de bière

Dès la première seconde, Tillmann n'aima pas cette personne. Tout dans sa physionomie lui déplut : les cheveux rares et sales collés par la sueur sur le crâne blanchâtre et bosselé, les dents abîmées, les yeux malins et fureteurs comme ceux d'un renard, et par-dessus tout cette politesse exagérée. Sans doute aurait-il dû suivre son instinct et déguerpir sans même accepter de lui adresser la parole. Dans les heures qui suivirent, il regretta amèrement de ne pas l'avoir fait.

Mais il est difficile de plaquer là un homme qui vous court après depuis un quart d'heure, vous rattrape enfin, vous tire des pattes d'une serveuse de cent kilos, et vous dit « vous » comme à un adulte. Il resta donc, et attendit la suite.

— Sans moi, vous étiez « viré », hein, c'est comme cela que vous dites, n'est-ce pas ? commença l'homme. Mais cette dame n'a pas tout à fait tort, ce n'est pas un endroit pour les jeunes gens comme vous, ici ! Vous valez mieux que ça, on le voit tout de suite.

Et flatteur, avec ça ! se dit Tillmann, de plus en plus méfiant.

— Je ne viens jamais dans ces endroits-là, se défendit-il mollement, c'est la première fois.

— Ah, c'est une occasion… particulière alors ?

— C'est ça, particulière.

— Particulière… Ce qui est normal pour un jeune homme… particulier, répéta l'autre, et il hocha longuement la tête d'un air entendu.

Tillmann eut la certitude que cet homme avait assisté au prodige sur la place, qu'il avait tout vu. Restait à comprendre ce qu'il lui voulait maintenant.

— Je m'appelle Dooley, dit l'étranger et il tendit sa longue main par-dessus la table.

Tillmann la serra en notant les ongles noirs.

— Je m'appelle Tillmann Ostergrimm, fit-il sans chaleur.

— Et bien Tillmann Ostergrimm, je crois que nous avons beaucoup de choses à nous dire.

À cet instant, la serveuse apporta les bières.

— À la nôtre ! fit Dooley et ils trinquèrent.

Tillmann trempa à peine ses lèvres dans la boisson moussue. Il n'en avait jamais bu à ce jour, et il trouva cela très amer. Dooley, lui, en avala une bonne rasade, fit claquer sa langue sur son palais, se pencha en avant et reprit à voix basse :

– Venons-en à ce qui nous intéresse : comment faites-vous ça ?

– Comment je fais quoi ? demanda Tillmann, et il rougit comme un enfant pris en faute.

– Allons, ne vous moquez pas de moi. Je vous ai vu, tout à l'heure. C'était… comment dire… c'était saisissant. Je vous en prie, comment faites-vous ?

– Je… je ne sais pas, balbutia Tillmann, c'était la première fois…

– D'accord, d'accord, c'était la première fois, je veux bien vous croire, mais quel est… je veux dire quel est votre… truc ?

– Il n'y a pas de truc, répondit Tillmann en léchant la mousse qui était resté accrochée à sa lèvre supérieure.

Dooley le fixa longuement. Dans son œil rusé passa l'ombre d'une véritable interrogation.

– Est-ce que je dois comprendre, souffla-t-il, que vous… que vous pouvez vous élever dans les airs sans aucun… truc ?

– C'est ça, répéta Tillmann, qui ne put se défendre d'une certaine fierté, sans aucun truc.

Et il but une gorgée de bière. Elle lui sembla un peu plus douce.

Dooley massa son affreux crâne blanc.

– Bon bon, truc ou pas, qu'importe après tout ! Écoutez-moi. Je ne vais rien vous cacher. Autant ne pas perdre de temps, n'est-ce pas ? Vous êtes une personne intelligente...

Qu'est-ce que tu en sais ? pensa Tillmann.

L'homme s'avança encore plus près, retroussa drôlement ses lèvres minces sur ses mauvaises gencives et chuchota, comme s'il s'agissait d'un secret d'État :

– Je travaille pour Globus.

– Pardon ?

– Je travaille pour Globus.

Il attendit en vain la réaction de Tillmann, et comme elle ne venait pas, il écarquilla les yeux :

– Globus... ça ne vous dit rien ? Non, vraiment ? J'ai du mal à vous croire. Décidément, ce pays est encore plus... Pardon, j'allais médire et c'est très mal. Bon, ça ne fait rien... Globus, jeune homme, est tout simplement *le* Théâtre de l'Univers.

Il marqua un silence, plissa les yeux et poursuivit :

– Vous m'avez entendu, je n'ai pas dit « le théâtre le plus ceci », « le théâtre le plus cela », non, j'ai seulement dit : Globus est *le* Théâtre de l'Univers. On ne le compare pas aux autres. Les autres sont insignifiants. Les autres n'existent pas. Savez-vous par exemple combien d'employés compte Globus ? Je vous en prie, dites un chiffre.

– Je n'en ai aucune idée, répondit Tillmann.

– Je me permets d'insister. S'il vous plaît, dites un chiffre. Je vous promets de ne pas me moquer de vous.

– Je ne sais pas... Deux cents peut-être, hasarda le garçon.

L'homme pouffa d'un rire forcé, aussi forcé que l'était sa politesse.

— Pardon, j'avais promis, et voilà que je me moque. Veuillez m'excuser… Mais comprenez-moi, il est difficile de s'empêcher de sourire, car Globus compte sans doute plus de cinquante mille employés permanents ! J'ai bien dit cinquante mille. Sans compter ceux qui, comme moi, parcourent le monde pour recruter les artistes. Notre travail, ou plutôt notre mission, est d'engager, pour Globus, les talents les plus exceptionnels. Nous cherchons, nous furetons, nous fouinons, et parfois nous tombons sur la perle rare. Mais elle est rare, la perle rare, ah ah ah ! Nous sommes tellement exigeants, n'est-ce pas ! Il s'écoule parfois des mois, que dis-je ? des années, sans que nous trouvions rien de seulement acceptable. Tenez, je séjourne depuis plus de trois semaines dans votre ville, et qu'ai-je vu d'intéressant ? Rien. Quelques jongleurs, un illusionniste, un soi-disant phénomène qui comptait huit doigts à chaque main (je ne suis pas allé lui regarder les pieds !). Bref : une misère ! J'allais partir bredouille. Et voilà que je tombe sur vous, le dernier soir ! Mon bon Dooley, je me suis dit (je m'adresse ainsi à moi-même, quelquefois) mon bon vieux Dooley, la chance vient de tourner ! Ce garçon-là est l'artiste le plus doué que tu aies jamais déniché.

— Je ne suis pas un artiste, commença Tillmann, j'ai seulement…

— Ta ta ta ! l'arrêta Dooley en tendant devant lui

la paume de sa grande main maigre. Permettez-moi de vous contredire, jeune homme, mais si quelqu'un dans cette auberge est capable de savoir qui est un artiste et qui ne l'est pas, ma modestie dût-elle en souffrir, je crois bien que c'est moi. Et je vais vous dire plus : le fait que vous vous en défendiez me conforte davantage encore dans cette conviction. J'en ai vu passer tellement, de ces pitoyables prétentieux qui claironnent et se vantent d'un talent qu'ils n'ont pas. Les grands artistes, les authentiques sont modestes et discrets. Comme vous, jeune homme. Et les grands artistes, savez-vous ce qu'ils sont, à Globus ? Le savez-vous ?

Tillmann – était-ce à cause de la bière ? – commençait à trouver assez drôle ce bavard intarissable.

– Les rois ! fit-il après avoir bu une gorgée de plus. C'est ça, ils sont les rois ?

Dooley fronça les sourcils.

– C'est vous qui vous moquez de moi maintenant ! Mais je l'ai bien mérité et je ne vous en veux pas. Oui, parfaitement : ils sont les rois, car sans eux Globus ne serait rien. Et c'est pourquoi nous les traitons ainsi. Logement confortable, bains chauds à volonté, nourriture recherchée, fiacre à disposition pour le moindre déplacement et j'en passe. Je dis souvent à Draken que nous en faisons trop, que nous finirons par les gâter, qu'ils...

– Draken ?

– Oui, pardon, monsieur Draken, notre directeur.

Un homme qui aime l'art et lui consacre sa vie. Son unique ambition est de révéler au monde le talent de ses protégés. Il les accompagne, il les dorlote, il les bichonne, mais lorsqu'ils arrivent sur le devant de la scène, applaudis, admirés, ovationnés par leur public, alors lui, ce brave monsieur Draken, se retire discrètement. Ah, vous l'adorerez ! Tout le monde l'adore… Dès que nous arriverons là-bas…

— Mais je n'ai pas l'intention de vous suivre, l'interrompit Tillmann dont la tête se faisait lourde.

Sur la table, sa chope était vide.

— Oh bien sûr ! s'exclama Dooley en agitant ses longues mains devant son visage, pardon ! Je suis tellement impatient que je brûle les étapes. Vous avez tout à fait raison de me rappeler à l'ordre. Il ne manquerait plus que je décide quoi que ce soit à votre place, n'est-ce pas ? Et voilà que je vous laisse mourir de soif, en plus ! Madame, s'il vous plaît ! Madame ! Apportez-nous encore un peu de bière, je vous prie ! Dans des boit-tout, cette fois !

— Non, dit Tillmann en se levant à moitié, et il sentit combien ses jambes étaient faibles, je ne veux plus boire, et puis je dois rentrer… chez moi… je…

— Mais bien entendu ! C'est normal ! Je me ferai d'ailleurs un plaisir de vous raccompagner le moment venu, si vous le voulez bien. Pour l'instant, rasseyez-vous, nous allons achever tranquillement cette agréable soirée. D'ailleurs, il me reste une petite chose à vous expliquer.

La serveuse arriva avec deux chopes de bière dont le fond était tout rond et sans pied.

— Ah ! s'écria Dooley en riant, les boit-tout !

— Les boit-tout ? bredouilla Tillmann.

— Eh oui, on ne peut pas les poser avant d'avoir bu jusqu'à la dernière goutte, sinon on renverse tout, ah ah ah ! C'est diabolique, n'est-ce pas ? Allez, à notre bonne santé, jeune homme, et à notre future collaboration !

Tillmann, sa chope dans les mains, se laissa retomber sur le banc, vaincu.

— Oui, reprit Dooley, à nouveau sur le ton de la confidence, je me doute bien que l'argument est un peu… comment dire… vulgaire, mais il faut bien y venir, afin que vous ayez tous les éléments en votre possession. Voilà : nos artistes sont… — il baissa encore la voix, jetant des regards soupçonneux à droite et à gauche — nos artistes sont extrêmement bien payés, royalement payés même. Monsieur Draken est trop faible, à mon avis, je le lui ai dit cent fois. Il est incapable de refuser une augmentation. Avec lui, demander, c'est obtenir ! Résultat : ses artistes sont cent fois plus riches que lui ! Mais au fond, j'estime que c'est normal. Qui a le talent, hein ? Qui a le talent ? Allez, buvons, jeune homme, buvons, sinon nous allons renverser notre bière. Comment vous appelez-vous, déjà ?

— Till-mann Oster-grimm, ânonna Tillmann, et il lui sembla que son propre nom devenait une bouillie pâteuse dans sa bouche.

Son cœur se souleva.

Le reste du discours de Dooley se perdit. Les clients chantaient, lâchaient des jurons, se querellaient de table à table. Les serveuses tâchaient de maintenir un peu d'ordre en menaçant les plus belliqueux de les jeter dehors. Dans cet infernal brouhaha, Tillmann n'attrapa plus que des bribes de phrases sorties des lèvres répugnantes et bavardes de son étrange compagnon : *triomphe assuré... chapiteau unique au monde... comme un coq en pâte... dites une hauteur, allez, dites... attention à votre bière ah ah ah... costume sur mesure évidemment... alors combien pour la hauteur du chapiteau ? dites un peu...*

Tout cela le dégoûtait maintenant, et seule l'idée de se retrouver dehors, à peine capable de tenir sur ses jambes, l'empêchait de quitter la table et de s'enfuir. Non, il n'y avait pas d'autre issue que celle-ci : faire semblant d'écouter, boire toute sa bière et accepter la proposition que Dooley avait faite de le raccompagner.

– Je dois rentrer... bredouilla-t-il quand il n'y eut plus qu'un peu de mousse au fond de son boit-tout.

– Bien sûr ! s'exclama Dooley. C'est tout à fait normal !

Il ouvrit sa bourse, jeta quelques pièces sur la table et prit Tillmann par le bras pour l'aider à se lever.

Dehors, la nuit était noire maintenant. Un vent froid balayait la rue et l'enseigne grinçait horriblement sur son support métallique. Au lieu de l'entraîner, Dooley adossa Tillmann au mur. Le garçon s'affaissa un peu, près de s'effondrer au sol. L'autre, se dressant de toute sa taille devant lui, le regarda fixement. Il avait remis son chapeau mou à large bord, et la lueur de la lanterne donnait à son visage émacié un air inquiétant.

— Alors, jeune homme, venons-en à la question importante : voulez-vous nous rejoindre à Globus ?

— Non, pas du tout, répondit Tillmann, je vous l'ai dit… je dois rentrer…

— Vraiment ? Pourtant, je vous assure qu'il vaudrait mieux venir de votre plein gré…

— Je ne peux pas… on m'attend chez moi… je…

Dooley ne l'écoutait plus. Il recula un peu et observa le garçon comme pour évaluer son poids.

— Trop lourd, marmonna-t-il entre ses dents. Il me faudrait…

L'instant d'après, il rentrait dans l'auberge.

Tillmann aurait bien aimé s'enfuir, mais il craignait de ne pas en avoir la force et aussi de ne pas retrouver son chemin tout seul dans la nuit. Il resta appuyé au mur, tel un ivrogne à la dérive.

Dooley ressortit bientôt en compagnie d'un homme trapu aux larges épaules à qui il donna quelques pièces, sans même se cacher. Puis il lui désigna le garçon. L'homme s'approcha de Tillmann. Sa face était brutale.

— Par ici, mon gars ! dit-il.

Il se courba en avant et le chargea sur son épaule comme on le ferait d'un sac de grain.

Tillmann se débattit si bien qu'il tomba par terre. L'homme éclata de rire.

– Mais c'est un asticot ! On va le calmer, vous en faites pas…

Tillmann essayait de se relever quand il reçut le coup à la nuque. Était-ce un morceau de fer ? Un bâton ? Un poing ? Il ne le sut jamais.

Grand-mère… appela-t-il, mais aucun son ne sortit de sa bouche… Babeken… Mon père ! Au secours !

L'obscurité s'illumina d'étoiles éblouissantes. Il sentit que l'homme le soulevait à nouveau et l'emportait.

# 5

## Dans lequel Tillmann
## fait une rencontre étonnante

Quand Tillmann se réveilla, il se rendit compte qu'il était allongé sur de la paille. Une forte odeur de ménagerie entra dans ses narines. Il chercha à s'appuyer sur un coude pour se relever, mais le mouvement qu'il fit lui donna si mal au cœur qu'il se laissa retomber en gémissant. Il lui sembla qu'autour de lui, tout tanguait comme sur un navire. Sa tête battait. Il passa la main sur sa nuque douloureuse et resta inerte quelques minutes.

Ce qu'il vit en premier, lorsqu'il ouvrit à nouveau les yeux, ce fut une toute petite jeune femme. Jamais il n'avait vu un être humain adulte aussi minuscule. Elle ne mesurait pas plus de quarante centimètres et ressemblait à une poupée dans son élégante robe noire à collerette blanche. Le bas s'évasait largement et touchait le sol. Les manches moussaient de dentelle autour des poignets. Elle le regardait avec une expression d'inquiétude. Son visage aigu et froissé évoquait le museau d'une souris. Une étonnante et somptueuse chevelure noire dégringolait sur ses épaules en vagues bouclées.

— Bonjour, dit-elle avec sérieux, et sa voix flûtée aurait fait rire Tillmann s'il ne s'était pas senti aussi misérable.

— Bonjour, répondit-il faiblement. Qui es-tu ?

— Je m'appelle Lucia. Tu es malade ?

— Oui… enfin non… j'ai trop bu…

— Oh ! fit-elle, et elle fronça le nez en signe de désapprobation.

Ses yeux vifs lancèrent des éclairs noirs.

— Je ne voulais pas, se défendit Tillmann, on m'a forcé.

— Ah ! fit-elle, et dans la seconde elle était à nouveau bienveillante.

Comme son visage est expressif ! pensa-t-il. On lit dessus tout ce qu'elle pense ! Et ses cordes vocales ! Elles doivent être aussi fragiles qu'un fil de coton pour vibrer ainsi. On dirait la voix d'une fillette de trois ans.

— Je vais te chercher à boire, dit-elle et elle se glissa sans effort entre les barreaux de la cage.

Le tissu de sa robe crissa en se faufilant derrière elle.

— Attends ! s'écria Tillmann, et il se redressa d'un coup. Où suis-je ? On m'a enfermé !

— Je reviens, répondit la petite femme et elle s'éloigna.

On ne distinguait pas le mouvement de ses jambes cachées sous la robe, si bien qu'on aurait dit qu'elle glissait. Elle disparut, à l'autre bout de la salle, par un escalier de planches d'où descendait la lumière du petit jour. Là-bas, en haut de l'escalier, le bord gris d'un nuage apparaissait et disparaissait au rythme régulier du roulis. Ainsi la sensation de vertige qu'éprouvait Tillmann n'était pas due seulement à la bière. Un bateau ! On l'avait embarqué sur un bateau !

La cage, tapissée de paille, mesurait deux mètres sur deux environ. On ne pouvait s'y tenir qu'accroupi, à moins d'être Lucia évidemment. Elle était posée à même le sol au milieu d'un fatras de cordes enroulées, de caisses en bois mal empilées et de sacs en toile de jute. Il s'agenouilla et secoua les barreaux métalliques de la porte. L'idée d'être prisonnier l'avait dégrisé d'un coup.

Lucia revint au bout d'une minute, tenant un gobelet à deux mains. Elle repassa entre les barreaux et le lui tendit :

— Tiens, ça te fera du bien.

Il s'assit au fond de la cage, dos contre la grille, et but l'eau à petites gorgées tandis qu'elle l'observait avec curiosité.

— Tu es pris pour Globus, toi aussi ? demanda-t-elle quand il eut fini.

— Oui, enfin je ne sais pas… Toi aussi, tu es prise ?

C'est monsieur Dooley qui t'a attrapée ? Il t'a assommée ?

Elle ouvrit de grands yeux étonnés :

— Attrapée ? Assommée ? Mais non ! Je suis contente de venir, moi !

— Ah bon, fit-il, un peu décontenancé. Tu penses que... que c'est bien ?

— Oui, j'en suis certaine ! fit-elle, mais Tillmann vit dans ses yeux qu'elle n'en était pas si sûre. C'est monsieur Bowie qui m'a découverte, moi, et qui m'a amenée jusqu'ici et confiée à monsieur Dooley. Il m'a promis que je gagnerais beaucoup d'argent et que je pourrais l'envoyer à ma famille au Mexique.

— Tu viens du Mexique ! Tu as traversé l'océan ?

— Oui. Sur un autre bateau. Plus grand. Au début, j'ai eu le mal de mer. J'ai été très malade et j'ai cru mourir, mais maintenant je suis devenue un vrai marin, regarde !

Elle souleva sa robe, juste assez pour qu'on voie ses deux petites chaussures vernies. Elle se tint quelques secondes en équilibre sur un seul pied et éclata d'un rire cristallin :

— Tu as vu ça !

— Bravo, dit Tillmann par politesse. Et... tu sais où on va ?

— Nous allons en Angleterre. Mais monsieur Bowie n'a pas voulu dire à mes parents l'endroit précis. Il a expliqué qu'il devait rester secret, parce que sinon tout le monde se précipite pour être embauché, même ceux qui ne valent rien. Voilà ce qu'il a dit. Moi, je vaux quelque chose, puisque je suis la plus petite femme du monde. Mais je pourrai rentrer chez moi quand je le voudrai, monsieur Bowie l'a juré en crachant par terre. Et il a même donné de l'argent par avance à mes parents pour qu'ils me fassent coudre une belle robe de spectacle. Tu vois. Elle est jolie, non ?

— Elle est très belle, approuva Tillmann.

— Et toi ? reprit Lucia. Qu'est ce que tu sais faire ? Tu as l'air normal…

— Et bien, je… c'est-à-dire que j'arrive à…

Il se ravisa, jugeant qu'il valait mieux garder son secret pour lui, n'en parler à personne, afin qu'on le laisse tranquille avec ça et qu'il puisse peut-être rentrer chez lui.

— Non, je ne sais rien faire ! se reprit-il. Monsieur Dooley s'est imaginé que je savais faire quelque chose, mais en réalité il s'est trompé…

La petite femme fit la moue et fronça les sourcils, sa façon à elle de lui signifier qu'elle n'était pas dupe.

— Allez, montre-moi… S'il te plaît…

— Il n'y a rien à montrer, je te dis. C'est une erreur. Ils vont s'en apercevoir, et je pourrai certainement…

Tandis qu'il parlait, la bouche de Lucia s'entrouvrit lentement.

— Une erreur… bredouilla-t-elle. Une drôle d'erreur, oui…

Il s'aperçut alors que sa tête venait de buter doucement contre le haut de la cage. Il était toujours dans sa position assise, les genoux repliés contre la poitrine, son gobelet à la main, mais il flottait dans les airs, exactement comme la veille, sur la place.

— Zut ! pesta-t-il, ça recommence ! et il se repoussa des deux mains vers le bas.

Son corps redescendit presque jusqu'au sol, mais remonta aussitôt, avec la lenteur paresseuse d'une bulle de savon. Lucia en suffoquait d'émotion :

— C'est… c'est incroyable… Comment tu fais ça ?

— Je ne sais pas… Aide-moi à redescendre ! Je ne veux pas qu'on me voie ! Si quelqu'un arrive…

Elle allait le saisir par le pied, mais il se rappela à temps la mésaventure du garçon qui avait voulu s'y prendre de cette façon.

— Ne me touche pas ! s'écria-t-il. Ou alors juste du bout des doigts, et surtout ne reste pas dessous ! Tiens-toi bien sur le côté !

Elle se plaqua contre la grille, étira son bras et toucha Tillmann au mollet. Aussitôt, il s'effondra sur la paille.

— Voilà, tu as vu, dit-il en frottant ses fesses endolories. Tu es bien avancée…

— C'est merveilleux, murmura-t-elle, stupéfaite. C'est la plus belle chose que j'ai vue de toute ma vie… c'est plus beau qu'une pluie d'étoiles filantes… plus beau que la danse des baleines sur l'océan… c'est… c'est comme dans un conte, mais en vrai… Refais-le s'il te plaît !

— Ah non, sûrement pas !

Elle secoua la tête, incrédule :

— Je comprends pourquoi ils t'ont mis dans la cage. Pour que tu ne t'envoles pas. Tu vas gagner une fortune à Globus…

— Mais je ne veux rien gagner du tout ! Mon père est riche ! Je me fiche de l'argent !

Il avait à peine dit ces paroles qu'il les regrettait.

— Ah, c'est pour ça, dit Lucia. Je comprends. Moi, je suis partie parce que mes parents sont pauvres, sinon je serais bien restée avec eux… Toi, ils ont bien vu qu'ils ne pourraient pas t'acheter comme ça. Ils ont dû t'assommer. Avec moi, ils n'ont même pas pris cette peine. Je suis venue toute seule…

Pour la première fois, elle baissa les yeux et Tillmann vit le léger tremblement de son menton.

— Pardonne-moi, dit-il, je suis idiot. C'est toi qui vas gagner beaucoup d'argent. Tu es tellement incroyablement…

— Petite ! acheva-t-elle et le sourire lui était déjà revenu. Tu sais combien je pèse ? Devine !

La question lui rappela Dooley qui voulait toujours qu'on « dise un chiffre ». Est-ce qu'il était seulement sur le bateau, celui-ci ? Ou bien déjà reparti ailleurs, comme Bowie, pour dénicher des phénomènes et les faire estourbir par des hommes de peine s'ils refusaient de le suivre ?

— Je ne sais pas. Dix kilos peut-être ?

— Moins.

— Huit ?

— Moins.

— Sept ?

— Oui, sept et demi. Et encore, c'est parce que me suis un peu empâtée sur le bateau, à force de manger et de ne rien faire depuis un mois.

Tillmann hocha la tête, admiratif.

À cet instant, deux hommes descendirent l'escalier d'un pas décidé et marchèrent droit vers la cage.

L'un était Dooley, tête nue mais vêtu de sa longue cape noire. L'autre, plus trapu, avait le visage mangé par la variole.

— Ah, mon cher Ostergrimm ! claironna Dooley en le saluant de loin. Comment avez-vous passé la nuit ? Je suis vraiment désolé des conditions inhabituelles qu'on a dû vous imposer compte tenu de votre… comment dire ? de votre singularité. Cette cage a abrité Sirius au cours de notre dernier voyage. C'est un lion à deux têtes venu d'Afrique. Étonnant, non ? Vous le verrez à Globus ! S'il est toujours vivant bien entendu, car ces monstres ont une santé fragile, c'est regrettable, mais c'est comme ça. Ah pardon, je manque à tous mes devoirs : je vous présente le capitaine Fox. Capitaine, je vous présente monsieur Ostergrimm !

— Ah, fit l'homme au visage grêlé, c'est donc toi qui…

Et de la tête, il indiqua rapidement le plafond de la salle.

— Oui ! répondit Dooley à la place du garçon, comme vous dites, capitaine, c'est lui qui… ah ah ah !

Et il fit le même mouvement des yeux vers le haut.

— C'est moi qui rien du tout, grommela Tillmann. C'est une erreur.

Il pria pour que ses fesses restent sagement collées au sol, et pour que la petite Lucia ne le trahisse pas. Mais celle-ci, bien que mourant d'envie de raconter ce qu'elle venait de voir, sut se tenir. Elle ne dit mot.

Dooley eut quelque mal à cacher son agacement.

Il s'était à coup sûr largement enorgueilli de sa trouvaille et il aurait bien aimé que Tillmann fasse devant le capitaine une démonstration de son talent.

– Mon cher Ostergrimm, reprit-il cependant avec entrain, il n'est pas question de vous confiner dans la soute pendant tout le voyage ! Mais je ne peux pas non plus prendre le risque de vous libérer, n'est-ce pas ? Alors j'ai imaginé une solution qui contentera tout le monde. Un peu de patience et vous allez voir.

Tillmann passa le reste de la matinée à réfléchir et à somnoler. D'heure en heure, Lucia venait lui rendre visite et lui proposer à manger. Il grignota sans appétit un morceau de pain et une pomme. Il apprit qu'elle avait dix-neuf ans, que ceux de sa famille étaient petits aussi, mais « beaucoup moins qu'elle », que le pays où ils allaient avait une reine et qu'on lui avait promis qu'elle la verrait.

Dans l'après-midi, quatre matelots vinrent soulever la cage. Ils la hissèrent par l'escalier entre les rampes duquel elle passait juste, et la déposèrent sans ménagement à l'extrémité du pont arrière, tout près de la poupe. De là, Tillmann ne voyait que l'écume grise dans le sillage du bateau et le ciel vide. Au-dessus de sa tête, les voiles claquaient faiblement. Il repensa à ses rêves de voyages des jours derniers. Ce n'est pas vraiment ainsi qu'il avait imaginé son départ.

Quand le soir tomba, Dooley lui fit demander s'il voulait qu'on redescende la cage dans la soute. Il répondit qu'il préférait passer la nuit sur le pont.

Les premières étoiles apparurent. Couché sous la couverture qu'on lui avait apportée, Tillmann les regarda monter lentement dans le ciel nocturne.

Il allait s'endormir, bercé par le bruit des flots, quand il perçut le délicat crissement de la robe de Lucia entre les barreaux de la cage. Il ouvrit les yeux et s'étonna une fois de plus de l'incroyable petitesse de son amie. Il fallait sans doute davantage de temps pour s'y habituer.

— Tu n'as besoin de rien ? demanda-t-elle ?

— Non, merci, tu es gentille.

— Alors bonne nuit, Tillmann. Demain nous serons à Globus…

Dans sa voix fluette, il y avait autant d'espoir que de crainte, lui sembla-t-il.

Au cours des semaines qui suivirent, Tillmann rencontra beaucoup d'êtres extraordinaires, mais la petite femme venue de l'autre côté de l'océan était la première dont il ait fait la connaissance et, à cause de cela, elle occupa toujours dans son cœur une place particulière.

# 6
## Dans lequel
## on découvre Globus

Depuis longtemps on avait quitté la mer, et le modeste voilier du capitaine Fox remontait à présent un fleuve aux eaux grisâtres. Il se fraya pendant des heures un chemin malaisé dans une incroyable forêt de mâts et de voiles. Des bateaux de toutes sortes, chalutiers, péniches, vapeurs surgissaient de la brume et on se demandait comment ils parvenaient à s'éviter les uns les autres. Sur les rives, c'était une suite sans fin de docks, de hangars et de bassins.

Assis côte à côte dans la cage, Tillmann et Lucia éprouvaient la même inquiétude. Où les emmenait-on ? Ce pays-là ne semblait guère accueillant.

Vers midi on accosta, et Dooley en personne vint ouvrir la cage.

– Nous voilà arrivés à Londres, mon cher Oster-grimm ! lança-t-il en tournant la clef dans la serrure. Vous allez pouvoir vous dégourdir les jambes. Mais je dois tout de même prendre quelques précautions. Je n'aimerais pas que nous vous perdions en ville, n'est-ce pas ?

Il lui passa au poignet gauche la boucle d'une cordelette, la serra fort et enroula l'autre extrémité autour de son bras à lui.

– Voilà ! Mais rassurez-vous, vous en serez débar-rassé dès notre arrivée à Globus !

Ils descendirent du bateau par une étroite passe-relle qui les amena sur le quai où régnait une activité fébrile. Des hommes chargés de sacs, de caisses ou de volumineuses balles de laine se croisaient en se bous-culant. Dooley portait Lucia sur son bras libre comme s'il s'était agi d'un bébé. « Comme ça on ne vous écrasera pas ! » avait-il dit. Ainsi chargé de la petite femme, et serrant Tillmann contre lui afin de dis-simuler la cordelette sous la manche de sa cape, il ressemblait à un père ou à un oncle qui rentrerait de voyage avec sa petite famille. Tous les dix pas, il se retournait pour surveiller sa grande malle sous laquelle un porteur courbait l'échine.

Ils s'approchèrent d'un fiacre tiré par un cheval gris pommelé que Tillmann trouva bien maigre. Dooley négocia le prix de la course avec le cocher, un homme à l'allure sournoise et dont le blanc des yeux, injecté de sang, était rouge. Une fois l'affaire conclue, tout le monde s'installa et l'attelage s'en alla au pas par les rues encombrées du port. Plus loin, l'animal put trotter le long d'une large avenue au bout de laquelle s'ouvrait un immense parc. Là-bas, tout au bout, un palais gardé par des soldats en armes et coiffés de bonnets noirs sortit peu à peu de la brume. Il semblait irréel.

— Le palais de la reine ! s'écria Lucia, émerveillée, et elle se dressa sur le siège de cuir pour mieux voir. Le palais de la reine ! Comme il est beau ! Monsieur Bowie m'a dit que j'y serai reçue !

— Certainement, mademoiselle, fit Dooley, et il la retint par la robe pour l'empêcher de tomber. Certainement, mais une autre fois, n'est-ce pas ? Je ne suis pas certain que Sa Majesté puisse nous recevoir dès aujourd'hui.

Le cocher éclata d'un rire mauvais, se retourna et lança d'une voix éraillée :

— Elle en sera sûrement bien désolée !

Là-dessus, il fouetta vigoureusement le cheval qui obliqua dans la direction opposée. Bientôt on arriva dans les faubourgs de la ville, et le fiacre fila entre d'interminables rangées de maisons de briques toutes semblables les unes aux autres. Puis ce fut la campagne et une route rectiligne bordée de grands arbres. Ils la suivirent pendant une heure au moins.

— À gauche ! cria soudain Dooley à une intersection. À gauche toute !

La route s'en allait en pente douce vers une rivière

au bord de laquelle se dressait un campement semblable à ceux des forains. Malgré le bruit des roues cerclées de fer sur la chaussée, il sembla à Tillmann que l'air résonnait d'une vibration particulière. Il tendit l'oreille, et n'eut plus de doute : c'était une voix humaine, grave et sonore à la fois, incroyablement profonde. Elle venait du camp. À mesure qu'ils en approchaient, elle se fit plus présente.

— ENCORE DU POULET ! grondait-elle. VOUS N'AVEZ QUE CE MOT À LA BOUCHE : DU POULET ! J'EN AI PAR-DESSUS LA TÊTE DE CETTE VOLAILLE ! DU POULET LE LUNDI, DU POULET LE MARDI, DU POULET LE DIMANCHE ! VOUS VOULEZ ME FAIRE PONDRE DES ŒUFS OU QUOI ?

— C'est monsieur Draken ? demanda Lucia, et elle se mit à mordiller le bout de ses doigts minuscules.

— Oui, répondit Dooley en riant, mais ses longs membres, d'ordinaire si dégingandés, parurent se rétracter. Oui, c'est monsieur Draken. Il parle fort, n'est-ce pas ?

— Oui. Pourquoi utilise-t-il un haut-parleur ?

— Et bien, c'est-à-dire qu'il n'utilise pas de haut-parleur, mademoiselle. Il possède une voix puissante, et voilà.

Au loin, Draken poursuivait son monologue :

— DU POULET ! J'EN AURAI BIENTÔT LES PLUMES QUI ME POUSSENT AU DERRIÈRE, MA PAROLE ! VOUS VOULEZ ME FAIRE CAQUETER OU QUOI ?

Un grand chapiteau de toile jaune et rouge occu-

pait le centre du campement. Une vingtaine de roulottes et de cabanes de bois s'éparpillaient autour de
lui. Le fiacre déposa ses passagers sous un portail sur-
monté d'un immense GLOBUS dont les lettres métalliques formaient un demi-cercle. Leurs couleurs
étaient passées. La rouille les attaquait. Le B de globus pendouillait, tout près de tomber. Quant à l'ins-
cription portée dessous, elle était tellement délavée
par les intempéries qu'on déchiffrait à grand-peine :
G AND THÉ TR  DE L'UN VERS.

Dooley, aidé du cocher, remisa sa malle près d'une
roulotte, sans doute la sienne, et il entraîna ses deux
protégés à travers le campement. Fasciné par la voix
d'outre-tombe de Draken qui envahissait tout l'espace, Tillmann eut à peine conscience de ce qu'il
voyait : des mauvaises roulottes posées sur leurs cales
et surmontées presque toutes par des tuyaux de cheminées, des baraquements sommaires, des cages
équipées de grilles, un chien galeux, des chats pelés,
quelques chevaux, une chèvre blanche attachée à un
piquet et partout des poulets qui allaient caquetant
et se chamaillant. Ils contournèrent le chapiteau
dont la toile salie était déchirée et raccommodée en
de nombreux endroits.

Lucia trottinait tant bien que mal, relevant à deux
mains le bas de sa jolie robe pour ne pas la salir. Sans
le vouloir, elle attirait tous les regards, et son passage
était salué par des rires ou des quolibets :

– Oh qu'elle est petite ! s'exclama une femme qui

trempait un poulet dans une bassine d'eau bouillante avant de le plumer.

– Regardez-moi cette miniature ! dit une autre.

Trois hommes, sans doute des triplés, en tout cas parfaitement identiques, étaient occupés à jouer aux cartes sur une caisse à savons retournée. Ils firent mine de ne pas la voir, mais dès qu'ils furent passés, l'un deux lança :

– Salut, rase-mottes ! et les deux autres s'esclaffèrent.

Dooley semblait nerveux, à présent.

– Je vais vous présenter à monsieur Draken, fit-il. Pas d'entourloupette, monsieur Ostergrimm, n'est-ce pas ? Avec moi, on peut jouer au plus malin, mais pas avec lui…

Il activa le pas vers une étrange habitation faite de deux roulottes posées l'une sur l'autre et fraîchement repeintes. On y accédait en traversant une terrasse en planches entourée d'une balustrade. Les trois visiteurs montèrent les marches et Dooley frappa à la porte.

La voix profonde de Draken se déversa par la fenêtre ouverte.

– QU'EST-CE QUE C'EST, ENCORE ?

– C'est Dooley, répondit Dooley, déjà cassé en avant comme pour plier sa longue carcasse. Je vous amène de bonnes recrues.

– AH ! ENTRE, ALORS ! ET COMMENCE PAR LA PRE-MIÈRE !

Dooley hésita un instant. La recrue la plus spectaculaire était bien entendu Tillmann, et il valait donc mieux le présenter en second, mais n'était-ce pas risqué de laisser ce garçon seul sur la terrasse ? Il était bien fichu de lui fausser compagnie.

— ALORS, ÇA VIENT ? tonna Draken.

— J'arrive ! cria Dooley, et il siffla dans ses doigts en direction de la roulotte voisine.

La porte s'ouvrit sur un homme en maillot de corps, trapu et musculeux. Ses grandes oreilles en feuilles de chou se décollaient du crâne rasé.

— Ah, Monsieur Mangetout ! Vous êtes encore là, Dieu soit loué. Venez vite et surveillez-moi ce garçon quelques minutes je vous prie. Vous en serez récompensé.

— D'accord, m'sieur Dooley.

L'homme s'approcha lentement et se campa au bas de l'escalier, les bras croisés sur la poitrine et l'air de dire : On ne passe plus !

Apparemment rassuré, Dooley poussa Lucia devant lui, et tous les deux entrèrent chez le directeur. La réaction de ce dernier fut immédiate :

— AH AH AH ! NOM D'UN TRAPÉZISTE ! MAIS ELLE EST PARFAITE, CETTE PETITE ! C'EST TOI QUI M'AS TROUVÉ ÇA, DOOLEY ? J'AI DU MAL À Y CROIRE ! AH, C'EST BOWIE ! JE COMPRENDS MIEUX, JE ME DISAIS AUSSI… COMMENT ON S'APPELLE, MADEMOISELLE ? LUCIA ? MAIS C'EST CHARMANT ! MÊME PAS LA PEINE DE TE TROUVER UN NOM D'ARTISTE, HEIN ? ON VA

TE PROGRAMMER DÈS CE SOIR. ET REFAIRE TOUTES LES AFFICHES AVEC TOI DESSUS, MA PRINCESSE ! *LUCIA, LA PLUS PETITE FEMME DU MONDE !* ÇA TE CONVIENT ?

Celui que Dooley avait appelé Monsieur Mangetout s'était à présent adossé à la balustrade, l'air morose. Il arrachait de l'ongle des petits éclats de bois qu'il enfournait distraitement dans sa bouche, comme on grignote des cacahuètes en attendant le repas. À l'intérieur, l'entretien touchait à sa fin.

– TU DISAIS QUE TU AMÈNES UNE AUTRE RECRUE, DOOLEY ?

– Oui, mais celle-ci est... à moi, monsieur Draken. Je veux dire que c'est moi-même qui l'ai trouvée. Et je pense que vous allez être... vous allez être...

– JE VAIS ÊTRE QUOI ?

– Épaté, monsieur le directeur. Vous allez être épaté.

C'est cet instant que choisit Tillmann pour s'enfuir. Ignorant l'escalier, il s'appuya de la main sur la balustrade, la franchit d'un bond et courut à toutes jambes vers la sortie du campement.

– Oh là ! s'écria Monsieur Mangetout, cloué sur place. Arrêtez-le !

Mais personne ne s'interposa. Tillmann fit déguerpir une dizaine de poulets affolés, contourna le chapiteau et passa sous le porche encore ouvert. Le fiacre s'en allait au pas.

– Attendez-moi ! cria Tillmann. Attendez !

Le cocher stoppa son cheval et se pencha pour voir qui l'appelait ainsi.

– Qu'est-ce que tu veux ?

– Emmenez-moi en ville ! Vite !

Le cocher le dévisagea, méfiant. Ses yeux injectés de sang étaient horribles à voir.

– Tu as de l'argent ?

Tillmann sortit sa bourse et la lui jeta. Le cocher l'attrapa au vol, l'ouvrit, estima la somme qu'elle contenait et l'empocha prestement.

– Monte ! On n'ira pas loin avec ça, mais monte.

Au loin, Dooley arrivait en déployant ses longs compas.

– Ostergrimm ! Revenez, Ostergrimm !

Sa voix suppliante faisait peine à entendre, mais Tillmann ne s'apitoya pas.

– Vite ! ordonna-t-il, et il sauta sur le siège.

Le cocher fouetta le cheval pommelé qui partit au trot.

– Oh non, Ostergrimm ! Non-on-on ! cria encore Dooley, et cela ressemblait davantage à un cri de désespoir qu'à un véritable appel.

Une pluie fine s'était mise à tomber et, malgré l'avancée du toit qui chapeautait le fiacre, elle mouillait Tillmann qui releva le col de sa veste pour se protéger. Ils refirent en sens inverse le trajet de l'aller et suivirent une demi-heure environ la longue route bordée d'arbres.

– Plus vite ! ordonnait Tillmann de temps à autre, mais il fut bientôt rassuré : Dooley n'avait sans doute trouvé personne pour se lancer à leur poursuite.

Ils étaient encore bien loin de la ville, quand le cocher s'arrêta soudain.

– On descend, jeune homme.

Tillmann le regarda, stupéfait.

– Comment ça ? Vous n'allez pas me laisser ici, en rase campagne ?

– Oh si ! Je suis même allé plus loin que j'aurais dû.

– Vous pouvez bien m'emmener encore un peu ! Vous continuez dans cette direction, non ?

– Oui, mais sans toi. À moins que tu aies encore quelques pièces.

– Je n'ai plus rien, répondit Tillmann, furieux. Vous le savez bien.

Le cocher se retourna, tendit le bras et, du manche de son fouet, découvrit le revers de la veste du garçon.

– Dis donc, tu sors pas du ruisseau, toi ! C'est de la qualité ! Du sur mesure ! Donne-moi ça et on sera pas loin du compte.

Tillmann n'hésita pas. N'ayant jamais manqué d'argent, il ne doutait pas qu'il puisse acheter une autre veste neuve à la première occasion. Il l'ôta donc et la jeta au cocher. Celui-ci l'apprécia rapidement, la fit disparaître sous son siège et fouetta le cheval qui repartit au trot.

Au bout de trois kilomètres environ, il s'arrêta

pour la seconde fois, juste comme ils atteignaient la longue avenue bordée de maisonnettes en brique.

– Je vais pas plus loin ! Descends !

– Espèce de voleur ! se révolta Tillmann. Je vous ai donné ma bourse, ma veste ! Ça devrait vous suffire ? Je ne descends pas !

On était seulement en fin d'après-midi, mais la nuit tombait déjà. La pluie serrée faisait briller les toits en ardoise des maisons et la chaussée pavée. Le cheval souffla par les naseaux un petit nuage de vapeur blanche.

– C'est toi le voleur ! Descends avant que je t'y oblige, fit l'homme.

Tillmann sauta à bas du fiacre, furieux, et il se mit à marcher énergiquement vers la ville. Mais le cocher, au lieu de filer, ajusta le pas de son cheval à l'allure du garçon et ils allèrent ainsi longtemps côte à côte, l'un bien protégé sous son épaisse cape imperméable, l'autre trempé sous sa fine chemise.

– Laissez-moi tranquille ! Fichez le camp ! s'écria Tillmann après quelques kilomètres. Le sourire narquois du cocher l'exaspérait.

– Tu comptes aller loin comme ça ? demanda celui-ci.

Tillmann ne répondit pas, fermement décidé à ne plus adresser la parole à cet homme.

– T'as aucune chance de trouver un coin où dormir. Et t'auras pas à manger non plus, te fais pas d'illusions.

Tillmann fit mine de l'ignorer, mais il dut bien

reconnaître que la faim le taraudait. De plus, il se voyait mal errer dans les rues de cette grande ville inconnue, tout seul et sans argent, la nuit, à la recherche d'un asile.

– Je peux te ramener à Globus, si tu veux. On s'arrangera toujours pour le règlement, hein ?

Malgré sa colère, Tillmann ne put s'empêcher de trouver la proposition alléchante. Là-bas, au moins, il serait au chaud et on lui donnerait sans doute un repas. Mais accepter de remonter dans le fiacre avait quelque chose d'humiliant.

– Oublie ta fierté ! lança le cocher, comme s'il avait lu dans ses pensées. Y'a pas de honte, hein ? On se reverra plus…

– Je n'ai plus rien à vous donner ! répliqua Tillmann, ce qui était une façon de céder sans le dire.

– Tu es sûr ? ricana le cocher. En cherchant bien, on va trouver, je suis sûr. Tiens, on aurait pas la même pointure, tous les deux ?

Son regard descendit vers les bottes de Tillmann, celles que le garçon s'était achetées trois mois plus tôt, faites du meilleur cuir et pourvues, tout en haut, d'une élégante boucle qu'on pouvait serrer et desserrer à sa convenance.

Quand Tillmann frappa à la porte de la roulotte de Dooley, une heure plus tard, il avait piteuse allure : sa chemise trempée collait à sa peau, ses cheveux ruisselaient de pluie, ses pieds nus avaient pataugé dans les flaques boueuses du campement.

– Ostergrimm ! s'écria le recruteur dès qu'il le vit. Oh, mon pauvre Ostergrimm ! Dans quel état êtes-vous ! Entrez ! Entrez donc ! Je vais vous donner des vêtements secs. Vous devez mourir de faim !

Tillmann fut obligé de s'avouer qu'il était presque content de le revoir.

# 7
## Dans lequel on découvre
## les pensionnaires de Globus

Dooley s'affairait autour de Tillmann comme une mère autour de son fils préféré.

– Tenez, mon cher Ostergrimm, essuyez-vous la tête avec cette serviette, vous êtes trempé. Et mettez ce pantalon ! Il est un peu long pour vous, mais il est sec, ah ah ah ! Et enfilez cette chemise ! Allez ne faites pas de manière. Mais asseyez-vous, voyons ! Je vais vous réchauffer un bol de soupe.

Il ne lui fit aucun reproche, se contentant de dire sa joie de le retrouver. Mais Tillmann n'était pas dupe. En voyant s'enfuir son petit protégé, le recruteur avait surtout vu s'enfuir la prime qui allait avec.

– Ah je m'en suis fait du souci ! continua-t-il en activant le poêle à charbon. Mais que va-t-il devenir ?

ai-je pensé. Dans quelles griffes va-t-il tomber ? Les gens ne connaissent pas la pitié dans ce pays, savez-vous !

Tillmann écoutait sans répondre. Il avala son bol de soupe et mangea de bon appétit un gros morceau de pain de seigle. Il finissait tout juste quand une musique retentit.

– Ah, la représentation va bientôt commencer, fit Dooley.

– La représentation ?

– Mais oui, comme tous les soirs à cette heure. Voulez-vous y assister ? Oui ? Alors, allons-y ensemble. Ensuite, je vous conduirai à votre roulotte. Vous la partagerez avec Dimitri, un garçon de votre âge. Pas très bavard, mais charmant, vous verrez.

Vu de près, le chapiteau se révélait décidément pitoyable. La pluie passait en plus de dix endroits par les déchirures des bâches. Les planches des gradins étaient de travers et il fallait prendre garde à ne pas s'asseoir sur un clou.

Tillmann s'installa à mi-hauteur, adossé à un mât et observa. Une trentaine de spectateurs avaient pris place. C'était bien peu sous ce chapiteau qui aurait pu en accueillir plus de huit cents. La moitié étaient des enfants dépenaillés arrivés ici Dieu sait comment et qu'on avait à coup sûr laissé entrer à l'œil afin de grossir l'assistance. Les autres étaient en famille. Les pères regardaient autour d'eux les gradins vides avec l'air de se demander dans quelle galère ils étaient venus se fourrer.

Tillmann se rappela les mots de Dooley à l'auberge : spectacle grandiose, foule innombrable, chapiteau gigantesque… Il en avait maintenant la confirmation : ce qui sortait de la bouche de cet homme, il fallait le mettre à l'envers pour connaître la vérité. Il était bien le roi des menteurs, un peu comme une boussole qui indiquerait le sud.

Les deux musiciens, un tambour et un trompettiste, jouaient faux et sans entrain près de la coulisse. On attendit un peu, dans l'espoir que quelques spectateurs s'ajouteraient encore, mais personne n'arriva.

Alors on alluma en même temps une dizaine de flambeaux et Draken fit son entrée sur la piste, bras grands ouverts, vêtu d'une immense redingote et coiffé d'un haut-de-forme. Tillmann fut frappé par le volume de sa tête, une hure de sanglier pensa-t-il aussitôt, et par celui de sa cage thoracique. Pas étonnant qu'il dispose d'une voix pareille avec une telle caisse de résonance. Les musiciens pouvaient continuer à souffler et taper à leur aise, ils ne risquaient pas de le couvrir.

— MESDAMES ET MESSIEURS, commença-t-il, BIENVENUE À GLOBUS, BIENVENUE AU THÉÂTRE DE L'UNIVERS. VOUS N'ÊTES PAS PRÈS D'OUBLIER LES MOMENTS QUE VOUS ALLEZ VIVRE CE SOIR, JE VOUS L'ASSURE ! VOUS ALLEZ POUVOIR ADMIRER, RÉUNIS ICI, LES PLUS GRANDS ARTISTES DU MONDE. ILS

SONT VENUS D'AMÉRIQUE, DU FIN FOND DE L'ASIE, DE L'AFRIQUE ET DES ÎLES LOINTAINES DE L'OCÉANIE, AFIN DE VOUS ÉTONNER, VOUS EFFRAYER, VOUS SUB-JUGUER, VOUS ÉMOUVOIR. PERMETTEZ-MOI, POUR COMMENCER, DE VOUS PRÉSENTER L'INCROYABLE MONSIEUR MANGETOUT. MESDAMES ET MESSIEURS, MONSIEUR MANGETOUT !

L'homme auquel Tillmann avait échappé dans l'après-midi s'avança, l'air maussade, au milieu de la piste, un sac de ménagère à la main.

— QU'AVEZ-VOUS DÉCIDÉ DE MANGER CE SOIR EN PUBLIC, MONSIEUR MANGETOUT ?

— Ce sac.

— VOUS VOULEZ DIRE LE SAC TOUT ENTIER, AVEC LA TOILE ET LES RENFORTS DE CUIR ?

— Oui.

— VOUS N'ALLEZ TOUT DE MÊME PAS MANGER LES POIGNÉES QUI SONT EN BOIS ?

— Si

— TRÈS BIEN. INSTALLEZ-VOUS À CETTE TABLE, MONSIEUR MANGETOUT, ET COMMENCEZ ! LE PUBLIC POURRA AINSI VÉRIFIER QUE VOUS NE TRICHEZ PAS. MESDAMES ET MESSIEURS, JE VOUS DEMANDE D'ENCOURAGER PAR VOS APPLAUDISSEMENTS LE FORMIDABLE MONSIEUR MANGETOUT !

Quatre ou cinq personnes daignèrent frapper dans leurs mains.

— Mange tes fesses ! s'écria un garçon et les autres s'esclaffèrent.

Mangetout alla s'asseoir à la table qu'on avait dressée comme pour un repas ordinaire, avec assiette, couverts, corbeille de pain et carafe d'eau. Il entreprit, pour commencer, de découper des petits morceaux de toile dans son assiette.

– NOUS ALLONS LAISSER MONSIEUR MANGETOUT DÎNER TRANQUILLEMENT, reprit Draken, ET ACCUEILLIR SIRIUS, LE SEUL LION À DEUX TÊTES DU MONDE. IL NOUS VIENT D'AFRIQUE ET VOUS ALLEZ AVOIR LE PRIVILÈGE DE LE VOIR DE VOS PROPRES YEUX. MESDAMES ET MESSIEURS, SIRIUS !

Deux employés poussèrent sur la piste une cage posée sur une remorque à trois roues. Ils la firent circuler et tourner lentement sur elle-même afin que tous puissent admirer son occupant. Quand la bête lui fit face, Tillmann eut un pincement au cœur. Elle était efflanquée et sale. Sa première tête, puissante et surmontée d'une généreuse crinière fauve, était celle d'un lion normal. Mais l'autre tête, beaucoup plus petite, comme atrophiée, pendait sur le côté, au bout d'un cou trop frêle pour la porter. Elle avait poussé en une excroissance monstrueuse et anémique. Les yeux mi-clos exprimaient une profonde tristesse.

C'était stupide, mais Tillmann ne put s'empêcher, en voyant les deux têtes de Sirius, de penser à ses parents. À son père rayonnant de force et de santé, et à sa mère, si faible et si mélancolique. À cet instant, il aurait voulu se précipiter vers elle, la serrer dans ses bras et la réconforter. Est-ce qu'ils pensaient à lui, là-bas ? Est-ce qu'ils le cherchaient ? Son père devait croire à une fugue, bien entendu, puisqu'ils s'étaient affrontés si violemment la veille de sa disparition. Il se rappelait bien avoir dit à Babeken qu'elle ne s'en fasse pas, qu'il n'avait pas l'intention de partir, mais est-ce qu'on la croirait si elle le rapportait ? Les larmes lui vinrent aux yeux, tandis qu'il songeait ainsi à sa famille.

Sirius fit un dernier tour de piste dans sa cage roulante, rugit faiblement de sa tête valide, et on le ramena en coulisse. À sa table, Monsieur Mange-tout mâchouillait paisiblement les rubans de tissu qu'il enroulait autour de sa fourchette comme des pâtes.

Après Sirius, Draken fit venir trois chevaux noirs qui exécutèrent une parade assez piteuse. À défaut d'acrobatie, les cavaliers faisaient claquer leur fouet le plus fort possible en ponctuant leurs vulgaires tours de piste de « hey ! » sonores. Quand les spectateurs en eurent assez, ils commencèrent à siffler et Draken annonça le numéro suivant :

– MESDAMES ET MESSIEURS, PRÉPAREZ-VOUS À RIRE À GORGE DÉPLOYÉE, À VOUS GONDOLER, À VOUS TORDRE, CAR VOICI, POUR LE BONHEUR DES PETITS ET DES GRANDS, LES IRRÉSISTIBLES FRÈRES DOMBROVSKI !

Deux des trois joueurs de cartes que Tillmann avait aperçus en arrivant déboulèrent sur la piste, déguisés en garçon d'écurie et poussant des cris ridicules. Le troisième frère, lui, était vêtu d'un costume de ville et il tâchait en vain de les faire obéir.

– Boby, viens ici et réponds à mes questions. As-tu fait ton service militaire ?

– Quoi, mon service « pomme de terre » ? répondait l'autre ahuri et il se tapait sur les cuisses.

Ensuite, censés faire le ménage, ils glissaient sur leur serpillière et se renversaient des seaux d'eau sur la tête. C'était d'une bêtise si affligeante que Tillmann se cacha le visage entre ses mains. « Le Grand Théâtre de l'Univers ! » avait dit Dooley. Quelle désolation !

La pluie tombait maintenant à verse sur le chapiteau. Elle s'infiltrait par toutes les fentes et les enfants, que le spectacle n'intéressait pas, jouaient à se mettre dessous pour gober l'eau du ciel.

Draken revint ensuite pour annoncer Dimitri, un prétendu « calculateur prodige ». Tillmann regarda avec curiosité le long garçon maigre qui s'avançait au centre de la piste. Voilà donc celui avec qui je vais partager la roulotte, se dit-il. Dimitri frappait par son air lointain et indifférent. Il ne regarda même pas le public. Draken remit une ardoise et une craie à un spectateur adulte et lui demanda d'y poser une multiplication à trois chiffres et de la résoudre, sans montrer le résultat bien sûr.

– PENDANT QUE MONSIEUR CALCULE, fit-il, NOUS ALLONS ÉCHAUFFER NOTRE JEUNE AMI. DIMITRI, ÊTES-VOUS PRÊT ?

Le garçon se contenta de hocher la tête.

– BIEN. DITES-MOI, DIMITRI, COMBIEN FONT 48 × 13 ?

– 624, répondit Dimitri d'un air las, comme si on lui avait demandé l'heure.

– ET 17 × 16 ?

– 272.

– et 53 × 279 ?

– 14 724.

– ET 315 × 452 ?

Dimitri fronça le sourcil et annonça, comme à regret, au bout de quelques secondes :

– 142 380.

– VOUS PENSEZ BIEN ENTENDU, MESDAMES ET MESSIEURS, QUE NOUS AVONS RÉPÉTÉ NOTRE PETIT NUMÉRO, DIMITRI ET MOI, ET BIEN, VOUS VOUS TROMPEZ ET NOUS ALLONS VOUS LE PROUVER. MONSIEUR, AVEZ-VOUS FINI VOTRE OPÉRATION ?

– Oui, répondit le père de famille, son ardoise à la main.

– VEUILLEZ LA SOUMETTRE À DIMITRI, S'IL VOUS PLAÎT.

L'homme se leva et énonça d'une voix sonore :

– Combien font 719 × 534 ?

Dimitri regarda ses chaussures un court instant, puis répondit :

– 383 946.

– EST-CE EXACT, MONSIEUR ? demanda Draken.

– C'est exact, dit l'homme et il retourna l'ardoise

pour que les gens puissent vérifier. Quelques spectateurs applaudirent sans grand enthousiasme.

— MAIS CE N'EST PAS TOUT, MESDAMES ET MESSIEURS, reprit Draken, DIMITRI EST AUSSI CAPABLE DE RETENIR UN NOMBRE DE 23 CHIFFRES EN QUELQUES SECONDES ET DE LE RÉPÉTER À L'ENDROIT COMME À L'ENVERS !

Tillmann assista, médusé, à l'extraordinaire performance du jeune artiste. Il n'y avait aucun trucage, cela se voyait bien. Dimitri possédait tout simplement une mémoire hors du commun ainsi qu'une prodigieuse capacité à compter. Il répéta les listes sans effort, puis fit de tête des divisions à cinq chiffres, calcula des puissances et des racines carrées incroyablement compliquées, tout cela dans l'indifférence générale du public dont la moitié savait sans doute à peine compter jusqu'à 100.

Quel gâchis ! pensa Tillmann. C'est vraiment de la confiture aux cochons !

Il y eut ensuite la chèvre Marika qui comptait soi-disant aussi bien que Dimitri, sauf que le résultat de toutes les opérations qu'on lui proposait était… 2, et elle le donnait en bêlant deux fois. Ce fut la seule chose qui amusa un peu les enfants.

Après cela, les musiciens jouèrent un air, tandis que Mangetout déchirait de ses dents le cuir du sac, comme on mord dans une cuisse de poulet. Puis Draken réapparut :

— MESDAMES ET MESSIEURS, VOICI VENU LE

MOMENT QUE VOUS ATTENDEZ TOUS. VOUS ALLEZ POUVOIR APPLAUDIR L'INCOMPARABLE SHAWNEE, LA PLUS GROSSE FEMME DU MONDE ! BEAUCOUP D'ENTRE VOUS L'ONT DÉJÀ VUE ICI, MAIS CE SOIR ELLE N'EST PAS SEULE ! ELLE VA VOUS APPARAÎTRE EN COMPAGNIE D'UN AUTRE PHÉNOMÈNE UNIQUE AU MONDE. MESDAMES ET MESSIEURS, JE VOUS DEMANDE D'ACCLAMER SHAWNEE, LA PLUS GROSSE FEMME DU MONDE ET SON AMIE LUCIA, LA PLUS… PETITE FEMME DU MONDE !

Tillmann sursauta. Il ne s'attendait pas à ce que Lucia, à peine arrivée, se produise déjà. Deux hommes apparurent, tirant le timon d'une remorque. Un autre poussait derrière. Sur la remorque, celle que Draken avait appelée Shawnee se tenait assise, calée à une montagne d'édredons. La chair débordait de tous ses vêtements : bras, cuisses, mollets, plis du ventre et du cou. Sans doute qu'un seul de ses avant-bras faisait le poids d'une personne normale. En comparaison, son visage presque fin d'Indienne semblait tout à fait gracieux. Elle donnait seulement l'impression d'être prisonnière d'un corps démesuré qui ne lui apparte-nait pas.

Dans ses bras était blottie la petite Lucia, tel un poussin minuscule. Tillmann put lire tour à tour dans les yeux de son amie, la suite des sentiments qu'elle éprouvait. La fierté d'abord, en entrant sur la piste dans sa belle robe d'artiste, mais très vite le doute. Où était donc le public attendu ? Était-ce ces

quelques garnements pleins d'insolence qui rica-
naient au lieu d'applaudir ? Sur son petit minois, le
bonheur céda bientôt la place au désarroi, puis à
la colère quand un garçon hurla quelque chose où
il était question de baleine. Shawnee, sans doute
habituée à cette méchanceté, ne broncha pas, mais
Lucia reçut l'insulte à sa place et cela lui fit mal. Les
hommes avaient stoppé la remorque au milieu de la
piste, où les deux jeunes femmes étaient livrées au
regard des spectateurs.

Ça suffit ! pensa Tillmann. Qu'ils les ramènent,
maintenant, au lieu de les abandonner ici à la bêtise
des gens !

– Eh, tas de graisse ! cria quelqu'un, regarde par
ici ! Tu me plais beaucoup, tu sais !

Les rires éclatèrent, obscènes.

Tillmann vit Lucia se tourner vers Shawnee, s'accrocher à sa robe et lui souffler quelque chose. Peut-
être pour la consoler. Peut-être aussi pour supplier
qu'on la ramène, qu'on l'emporte loin de ces imbéciles.

– Fais gaffe ! cria le même garçon, encouragé par
son succès. Fais gaffe, ma chérie, t'as une souris qui
te grimpe après !

Tillmann vit les larmes briller dans les yeux de
Lucia et il ne le supporta pas. Il se leva dans l'intention d'aller casser la figure au morveux, mais, arrivé
devant lui, il changea brusquement d'idée, et descendit droit sur la piste. Je vais plutôt leur clouer le
bec à tous ! se dit-il.

— Tillmann, qu'est-ce que tu fais ? murmura Lucia en le voyant passer près d'elle.

— QU'EST-CE QUE TU FAIS LÀ, TOI ? gronda Draken depuis la coulisse. SORS D'ICI.

Il n'y avait pas de temps à perdre. Tillmann expira lentement, vidant l'air de ses poumons. Puis il laissa entrer en lui la légèreté. Ses pieds décollèrent doucement du sol, et il s'éleva dans les airs, d'abord à la hauteur de la remorque puis, après un bref arrêt, au-dessus des têtes des deux employés qui étaient accourus pour l'expulser.

Un silence total se répandit alors sous le chapiteau, bientôt rompu par le rire cristallin et les applaudissements de la petite Lucia.

— Bravo, Tillmann ! Bravo !

La deuxième personne qui put réagir fut Dooley. Il jaillit des coulisses en agitant ses grands bras, hors de lui, suffocant d'émotion et de fierté.

— M... m... mesdames et messieurs, voici... voici Tillmann Ostergrimm, le plus grand artiste... du monde... oui du monde ! C'est moi qui... oui c'est moi qui... qui l'ai trouvé !

Les spectateurs, stupéfaits, n'eurent même pas l'idée d'applaudir. Ils étaient pour ainsi dire statufiés. Draken lui-même resta muet comme une carpe. Il s'assit au bord de la piste, regarda Tillmann et, de sa bouche grande ouverte, pas un mot ne réussit à sortir.

La représentation se termina d'étrange façon. On ne distinguait plus le public des artistes. Tous s'étaient rassemblés autour de Tillmann, éparpillés sur les gradins, sur la piste. Des coulisses sortirent les uns après les autres les employés qui, n'entendant plus rien, se demandaient ce qui pouvait bien arriver. Et tous, dans le silence, admiraient le garçon suspendu dans les airs.

Il se tint longtemps à la verticale, presque immobile, puis il manœuvra lentement et s'allongea comme sur un lit invisible. Enfin, gardant la même lenteur, il revint à sa position initiale.

– C'EST BIEN, MON GARÇON, C'EST BIEN, finit par dire Draken, TU PEUX REDESCENDRE.

– D'accord, répondit Tillmann et, à sa grande surprise, il effectua une descente tranquille et régulière jusqu'au sol.

Alors seulement les applaudissements éclatèrent.

# 8

## Dans lequel de grands changements se préparent au Théâtre de l'Univers

La roulotte était équipée de deux lits superposés. Dimitri occupait celui du bas. On accédait à celui du haut par une échelle de bois. Le jeune prodige du calcul n'était effectivement pas très bavard. Son visage maigre et boutonneux d'adolescent lui donnait un air maladif, mais il fit preuve d'humour en désignant la petite échelle :

– On peut l'enlever, non ? T'en as pas besoin, toi !

Pour lui faire plaisir, Tillmann se concentra quelques secondes et décolla du sol pour atteindre le lit. Il se glissa sous son drap. Une fois la lampe à huile éteinte, il s'attendit à ce que Dimitri lui pose la question à laquelle il s'était déjà habitué à devoir répondre : comment tu fais ça ? Mais elle ne vint pas et ce fut lui qui la posa le premier à son compagnon :

– Dimitri ?

– Oui.

– Comment fais-tu pour retenir vingt-trois chiffres à la suite ?

La réponse lui parvint étouffée, de sous les couvertures.

– Je les retiens pas.

– Tu ne les retiens pas ?

– Non, quand on me dit la liste, je les vois écrits. Après, il suffit de les lire. À l'endroit ou à l'envers, c'est la même chose.

– Ah, je comprends. Mais pour les opérations, il faut bien que tu comptes ?

– Oui, enfin non… Les chiffres se déplacent, ils font leur danse, et puis ils se posent, et je les lis.

– Tu as dit : « ils se posent » ? Un peu comme des oiseaux ?

Dimitri émergea lentement de sous sa couverture.

– Oui, c'est ça… un peu comme des oiseaux…

– Tu lis des oiseaux, quoi… résuma Tillmann. Les gens croient que tu es un calculateur prodige, alors qu'en réalité tu es un lecteur d'oiseaux !

– Si tu veux.

Il y eut un silence, puis on entendit tout à coup, venu de l'autre côté du campement, un ronflement puissant.

– Eh bien, fit Tillmann, on n'est pas près de dormir avec ça !

– Avec quoi ? répliqua Dimitri.

– Mais, avec ce ronflement !

– Ah, Draken ? Je suis tellement habitué que je l'entends plus.

Il était difficile de croire qu'on puisse s'habituer. Cela montait, enflait, vibrait, couinait ou s'amplifiait en rugissement de lion.

– Comment est-il, Draken ? demanda Tillmann.

– Draken ? Il te traitera bien parce que tu représentes beaucoup d'argent. Mais te fie jamais à lui. Et les frères Dombrovski c'est pareil.

– Ah, et Monsieur Mangetout ?

– Mangetout ? Il est un peu demeuré.

– Et Shawnee ?

– Eh ! répondit Dimitri en bâillant, tu vas pas me faire passer tout le monde en revue comme ça ! Allez, bonne nuit.

Là-dessus, il se réfugia de nouveau sous sa couverture et se tut. Mais au bout de quelques minutes, Tillmann l'entendit marmonner.

– Lecteur d'oiseaux ! répétait-il, avant d'ajouter d'une voix lointaine : toi, t'es encore plus fort, t'es carrément l'oiseau.

Le lendemain, au lieu des trente spectateurs habituels, on vit arriver une bonne centaine de curieux. La rumeur s'était vite répandue qu'à Globus un jeune garçon parvenait à s'élever dans les airs et qu'on pouvait le voir pour les quelques sous que coûtait le billet d'entrée. Draken réagit sans attendre et augmenta celui-ci d'un tiers. Dimitri n'avait pas menti à propos de sa rapacité.

Le surlendemain, plus de deux cents personnes se présentèrent à la caisse. Et trois cents le jour d'après. Draken doubla le prix du billet et supprima toutes les entrées gratuites. Cela n'empêcha pas le public d'affluer : cinq cents personnes, puis six cents, puis huit cents. Jusqu'au soir où la caissière dut prononcer pour la première fois depuis la création de Globus, ces mots magiques :

— Désolée, mesdames et messieurs, mais c'est COM-PLET. Revenez donc demain !

Tillmann refusa de s'entraîner à la vue de tous. Il lui semblait qu'il y avait dans son art quelque chose de mystérieux dont il devait préserver le secret. Il exigea de pouvoir travailler seul chaque matin sous le chapiteau. La seule personne dont il tolérait la présence était Lucia. Elle s'installait en haut des gradins et n'en bougeait plus.

— Je pourrais te regarder toute ma vie, disait-elle. Je ne m'en lasserai jamais.

Après quelques jours cependant, la petite femme proposa d'« améliorer le numéro ».

— Bien sûr, tu peux te contenter de monter dans les airs et de bouger un peu. C'est déjà tellement merveilleux, mais on peut faire mieux, je crois.

Ainsi elle lui suggéra, lorsqu'il prenait sa position allongée, de sortir un bonnet de nuit de sa poche, de le coiffer, et de faire comme s'il dormait, les mains jointes sous la joue. Ce simple détail produisit le soir même, lors de la représentation, un effet comique formidable. Ce succès leur donna l'idée d'aller plus loin et d'imaginer toute une pantomime : Tillmann jouerait dans les airs sa vie de tous les jours, depuis son lever jusqu'au soir. Il se réveillerait, s'étirerait, s'habillerait, marcherait pour aller à l'école, mangerait, jouerait…

Ils se mirent au travail avec passion. Chaque matin, Lucia arrivait avec une idée nouvelle, impatiente de la réaliser :

— Et si tu patinais ? Et si tu nageais ? Et si, quand tu mimes ton trajet pour aller à l'école, tu faisais le tour des gradins au-dessus de la tête des gens ? Ils seraient impressionnés de te voir de si près !

Tillmann devait la modérer.

— Non, Lucia, j'aurais trop peur de leur tomber dessus. Et puis ça durerait trop longtemps pour faire le tour.

Effectivement, Tillmann ne savait évoluer dans les airs qu'avec une grande lenteur. Quand il marchait, on avait l'impression qu'il était dans l'eau. Ses mouvements étaient comme rêvés. La brusquerie n'y trouvait pas sa place. De la même façon, lorsqu'il se repliait sur lui-même, ou s'étirait, lorsqu'il basculait, s'allongeait, pivotait, il mettait dans tous ces déplacements une sorte de délicate prudence, une grâce fragile. Sans doute la précipitation aurait-elle brisé l'enchantement. Les spectateurs, aussi rustres soient-il, respectaient le prodige et se taisaient pendant le numéro. On percevait tout juste leurs ooh ! et leurs chtt ! émerveillés. Les deux musiciens proposèrent à Tillmann de l'accompagner : il refusa catégoriquement. C'était tellement plus beau dans le silence.

— J'ai une idée ! dit un jour la petite Lucia. Je tirerai au sol une grande toile bleue qui ressemblera à la mer. On l'agitera doucement à trois ou quatre pour faire les vagues, et toi, tu te mettras à la verticale au-dessus, la tête en bas, comme si tu plongeais dedans !

Tillmann trouva la proposition amusante et s'y exerça aussitôt, mais une surprise l'attendait : cette position lui donnait le vertige. Il perdait sa concentration et se cassait la figure. Par la suite, il essaya souvent, seul ou avec Lucia, mais, à leur grande déception, il ne réussit jamais à tenir cette posture-là.

En revanche, il commanda de mieux en mieux ses montées et ses descentes. Il ne lui arriva plus jamais de décoller de façon inopportune, comme au début, ni de rester dans les airs sans pouvoir redescendre. À Dimitri, qui finit tout de même par l'interroger, un soir, il expliqua de son mieux :

— Ce n'est pas une question de volonté. C'est même le contraire. Si je « veux » trop, ça ne marche pas. Je dois juste me détendre, laisser l'air entrer en moi et attendre…

— Attendre quoi ?

— Je ne sais pas… Que ce soit « là ». J'ai l'impression de chercher un peu, quand même. C'est comme essayer de faire tenir un crayon sur sa pointe, tu vois… Aussi précis… C'est pour ça que je n'aime pas qu'on fasse trop de bruit quand je suis en l'air, ni qu'on joue de la musique, ni surtout qu'on me touche.

Les jours suivants, la foule afflua plus que jamais au Grand Théâtre de l'Univers. Les recettes, multipliées par trente, s'entassaient dans les caisses, mais personne n'en vit la couleur. Les artistes et le personnel continuèrent à manger l'éternel poulet, accompagné de chou. La toile du chapiteau resta sale et déchirée. Le B de GLOBUS pendouilla plus que jamais au portail d'entrée.

Draken, quant à lui, fumait des cigares de plus en plus gros, et son ventre semblait prendre chaque jour un peu plus d'ampleur. On voyait des traiteurs arriver en fiacre devant sa roulotte à deux étages et lui livrer des choucroutes, des plateaux de fruits de mer, du gibier et des bons vins. Des tailleurs vinrent lui faire essayer les costumes les plus chers et les plus extravagants : des vestes à douze poches et à carreaux multicolores, des chapeaux hauts comme des tuyaux de poêle.

Un mois environ s'écoula, puis le gros homme estima qu'il était dommage de refuser du monde, que le chapiteau était décidément trop petit. Mais son avarice le dissuadait d'en construire un autre ou même de faire réparer et agrandir celui-ci. Il eut une idée bien plus folle et il convoqua Tillmann pour lui en faire part.

— TU EN AS, DE LA CHANCE, OSTERGRIMM ! commença-t-il, TU ARRIVES À GLOBUS JUSTE AU MOMENT OÙ LES AFFAIRES REPRENNENT.

— Je n'y suis pas tout à fait pour rien, osa lui répondre Tillmann, mais Draken fit semblant de ne pas avoir entendu.

— ASSIEDS-TOI. J'AI À TE PARLER.

Tillmann prit place sur une chaise et attendit. Le directeur alluma un cigare.

— TU AS REMARQUÉ QUE LE CHAPITEAU EST DEVENU TROP PETIT, reprit-il après avoir soufflé un nuage de fumée autour de lui. ALORS FIGURE-TOI QUE JE VIENS DE LOUER LA PRAIRIE VOISINE. À PARTIR DE LA SEMAINE PROCHAINE, LES REPRÉSENTATIONS AURONT LIEU L'APRÈS-MIDI ET EN PLEIN AIR ! NOUS POURRONS ACCUEILLIR DES MILLIERS DE PERSONNES ! OSTERGRIMM, MON GARÇON, IL FAUDRA MONTER PLUS HAUT POUR QUE TOUT LE MONDE TE VOIE.

— Ah. Et les autres, comment on les verra ? Lucia ? Dimitri ?

Draken ne se troubla pas. Il baissa la voix autant qu'il le put, c'est-à-dire qu'au lieu qu'on l'entende à trois kilomètres, on ne l'entendait plus qu'à deux, et il « chuchota » :

— T'OCCUPE PAS DES AUTRES. OCCUPE-TOI DE TOI ! TÂCHE DE MONTER PLUS HAUT, C'EST TOUT CE

QUE JE TE DEMANDE. ET TE FATIGUE PAS À TOUTES CES SIMAGRÉES, AUX PANTOMIMES ET À TOUT ÇA. JE VEUX JUSTE QUE TU MONTES HAUT ET QUE TU TE PROMÈNES AU-DESSUS DES GENS, T'AS COMPRIS ?

– J'ai compris.

– ET PUIS T'EN FAIS PAS, conclut-il en appuyant ses mots d'un clin d'œil complice, SI TU TE DÉBROUILLES BIEN, TU SERAS LARGEMENT RÉCOMPENSÉ, C'EST NORMAL, HEIN ?

Ce que Tillmann comprenait était très simple : Draken se fichait bien que ses artistes présentent de beaux numéros. Il voulait juste qu'ils lui rapportent de l'argent, beaucoup d'argent. Avec Tillmann, il tenait la poule aux œufs d'or et il comptait l'exploiter au maximum. Et tant pis pour les autres. Il allait peut-être même les ficher à la porte. Dimitri, informé le soir même, ne s'en étonna guère :

– Je te l'avais dit. Draken s'intéresse qu'à son portefeuille. Il vendrait sa mère si quelqu'un voulait l'acheter. Moi, en tout cas, je suis fichu. Déjà que le chapiteau était trop grand pour moi. Mais j'en ai rien à faire. Ça m'est égal.

Pendant les jours suivants, l'atmosphère fut morose à Globus. La rumeur s'était répandue que les attractions seraient toutes supprimées, sauf celle de Tillmann. Aux repas, Shawnee pleurait sur son assiette, et Mangetout essayait en vain de la consoler. Lucia s'efforçait de paraître gaie mais son petit front plissé trahissait son inquiétude.

— Je suis heureuse pour toi, confia-t-elle à Tillmann, mais c'est dommage pour notre numéro… J'avais trouvé une autre idée, tu sais. J'avais pensé que tu pourrais prendre une pomme et…

Tillmann lui caressait doucement la joue.

— Laisse tomber, Lucia, arrête, c'est fini, tout ça. Draken s'en fiche éperdument.

On s'approchait ainsi du jour fatidique de la première représentation en plein air, lorsque se produisit un événement qui, pour un temps, fit oublier tout le reste.

# 9

## Dans lequel arrive une lettre étonnante et où Tillmann contrarie sa grand-mère

Cela commença par un coup de trompette sorti de la fenêtre de Draken, en pleine matinée :

— OSTERGRIMM ! LUCIA ! PASSEZ ME VOIR IMMÉ-DIATEMENT !

Les deux jeunes gens se retrouvèrent sur la terrasse du directeur, se demandant ce qu'il pouvait bien leur vouloir.

— Il va peut-être me renvoyer, suggéra Lucia et sa bouche tremblotait. Je vais être abandonnée dans les rues.

— Mais non, la rassura Tillmann. Il ne nous aurait pas convoqués ensemble pour ça. C'est autre chose.

Il frappa à la porte et on entendit un : ENTREZ ! qui fit vibrer la roulotte. Draken était vêtu d'une grande robe de chambre violette, sans doute son dernier achat, et tenait à la main une lettre qu'il agitait nerveusement.

– TIENS, dit-il en se penchant pour la donner à Lucia, TU SAIS LIRE ?

La petite femme lui lança un regard furieux. Elle lisait certainement mieux que lui. Elle parcourut la courte lettre une première fois, puis une deuxième, sans trahir aucune émotion, ce qui était bien surprenant chez elle. Quand elle eut fini, elle se retourna, comme hébétée, en quête de quelque chose pour s'asseoir. Les chaises étant beaucoup trop hautes, elle se laissa tomber sur le petit tabouret que Draken utilisait pour cirer ses bottes.

– Tillmann… murmura-t-elle d'une voix blanche, et elle lui tendit la lettre.

Celle-ci était adressée à Draken lui-même, et voici ce qu'elle disait :

> Monsieur le Directeur, comme vous le savez, Sa Majesté éprouve le plus vif intérêt pour les artistes de talent, et Elle a exprimé le désir de rencontrer deux de vos pensionnaires. Auriez-vous l'amabilité de leur transmettre de Sa part une invitation au Palais pour la journée de vendredi. Elle sera heureuse de leur offrir le thé et de partager quelques instants avec eux. Il s'agit du jeune homme volant et de la jeune femme réputée pour être la plus petite du monde.

*Une voiture particulière viendra les cher-*
*cher dans votre établissement en début*
*d'après-midi et les ramènera le soir même.*
*Dans l'attente de votre accord, veuillez*
*agréer, Monsieur le Directeur, mes saluta-*
*tions les plus cordiales.*

*Winston Phil. Douglas Barkley,*
*secrétaire particulier de Sa Majesté*

— La reine… balbutia Tillmann, la reine veut nous
voir…

Draken soupira en signe d'agacement. Visible-
ment, cette invitation ne l'enchantait guère. D'abord
il n'était pas invité, lui. Ensuite, la reine pouvait
bien se déplacer elle-même, estimait-il, si elle voulait voir ses artistes. Enfin et surtout, il n'était nulle
part question d'argent dans cette lettre, et cela le con-
trariait beaucoup. Il ouvrit la bouche pour le dire,
mais il fut devancé par Lucia qui sauta sur ses jambes
et se mit à crier aussi fort que sa voix fluette le lui
permettait :

— Je vais voir la reine ! Je vais voir la reine !

Puis, sans se soucier davantage de Draken, elle
s'élança dehors et on la vit détaler dans le campement.

— Je vais voir la reine !

Elle tapa à toutes les portes, toutes les fenêtres :

— Je vais voir la reine !

Elle annonça la nouvelle au chien, aux chats, aux chevaux, aux poulets :

— Je vais voir la reine !

Elle embrassa la chèvre qui n'y comprit rien du tout :

— Je vais voir la reine !

Et elle acheva sa course folle en larmes dans le giron de Shawnee :

— Shawnee ! Shawnee ! Je vais voir la reine ! Elle m'a invitée !

Tillmann manifesta moins d'enthousiasme. Il trouvait qu'il avait déjà fait suffisamment d'ombre à ses camarades de Globus, et il fut presque gêné de cet honneur supplémentaire. Le soir, avant de dormir, il bavarda avec Dimitri qui le rassura à moitié sur ce point :

— Pff ! Si la reine veut vous voir, qu'est-ce que tu veux que ça me fasse. Tu lui donneras le bonjour de ma part. Mais Lucia risque d'être un peu déçue, vendredi…

— Déçue ? Et pourquoi serait-elle déçue ?

— Parce que la reine est une très vieille dame.

— Ah oui ? Quel âge a-t-elle ?

— Quatre-vingt-quatorze ans. Tu te rends compte : ça en fait, des jours !

— Combien ? demanda Tillmann par curiosité.

De la même façon que Lucia ne se lassait pas de le voir voler, lui ne se lassait pas de l'extraordinaire virtuosité mathématique de son ami. Dimitri se tut une dizaine de secondes avant d'annoncer :

— 34 333.

— Tu es sûr ?

— Sûr. J'ai été un peu lent à cause des années bissextiles.

Dans la nuit arriva une chose étrange. Tillmann fut réveillé par un bruit d'étoffe qu'on froisse. Il lui sembla que quelqu'un montait la petite échelle de bois. Un parfum de violette lui caressa les narines et, avant même de la voir, il sut qui venait lui rendre visite.

— Grand-mère ! Qu'est-ce que tu fais ici ?

Agrippée au dernier barreau de l'échelle, Fulvia appuya sur le bord du lit sa bonne tête ronde coiffée d'un bonnet à dentelles.

— Pardonne-moi, mon garçon de te déranger dans ton sommeil, chuchota-t-elle. Je sais que tu ne m'as pas appelée, mais je n'ai pas pu m'empêcher, tu comprends. J'ai appris que tu allais boire le thé chez la reine ? Dis-moi, c'est bien vrai ?

— C'est vrai, bâilla Tillmann.

Fulvia secoua lentement la tête. Ses yeux pétillaient d'excitation et de malice.

— Bien, alors écoute-moi très attentivement. Lorsqu'on t'offrira des gâteaux secs, ne les avale pas tout entiers comme un glouton. Casse-les d'abord en deux morceaux, ou même en trois s'ils sont gros, et veille à ce que les miettes tombent bien dans ton assiette. Ensuite mets-les délicatement dans ta bouche, un peu comme si tu n'avais pas très faim, tu comprends ?

— Je comprends, grand-mère, mais pardonne-moi, il est tard et j'ai sommeil.

— Et ne fais pas de bruit de tuyau avec tes lèvres en buvant ton thé. S'il est trop chaud, patiente. Et repose ta tasse avec délicatesse sans la choquer contre la table. Tu y penseras, Tillmann ?

— J'y penserai, grand-mère. Bonne nuit.

— Bien. Et surtout, pour l'amour du ciel, ne renifle pas. J'en mourrais de honte. Tillmann, promets-moi que tu ne renifleras pas ! Promets-le !

— Je te le promets, grand-mère, mais j'aimerais bien dormir maintenant… Bonne nuit.

Là-dessus, il tira la couverture sous son cou et tourna le dos à Fulvia.

— Tillmann ! appela-t-elle encore, mais il ne répondit plus.

# 10

## Dans lequel
## Tillmann et Lucia
## vivent une journée inoubliable

Le lendemain, vers 14 heures, une voiture couverte tirée par deux chevaux noirs au col embelli de panaches blancs vint s'arrêter au portail de Globus. En descendit un valet vêtu d'un impeccable costume grenat. Il traversa le campement en s'efforçant de ne pas tacher ses jolies bottes de cuir dans la gadoue, et frappa à la porte de Draken chez qui l'attendaient ses passagers. Lucia s'était levée aux aurores pour se préparer. Elle avait repassé trois fois sa robe, lustré cinq fois ses petites chaussures vernies, et Shawnee avait coiffé sa chevelure au fer à friser. Tillmann s'était contenté d'une énergique toilette bien savonnée et d'un bon coup de peigne. Il porta Lucia jusqu'à la voiture et tous deux s'installèrent côte à côte sur les confortables sièges tendus de velours.

— RAMENEZ-LES-MOI AVANT LA NUIT ! lança Draken tandis qu'ils s'en allaient. J'EN AI BESOIN POUR LA REPRÉSENTATION ! ILS PEUVENT ENCORE SERVIR !

Le voyage fut rapide et sans histoire. La voiture spacieuse semblait glisser sur la route. Le valet, très digne, s'était assis en face de ses deux protégés. Il faisait mine d'admirer le paysage, mais ne pouvait s'empêcher de lorgner vers Lucia de temps en temps. Il crevait d'envie de l'observer à son aise, c'était évident.

— Elle est petite, hein ? lui lança Tillmann pour le taquiner.

— Absolument, monsieur ! répondit-il sans oser diriger son regard vers elle.

— Vous pouvez me regarder, dit-elle. J'y suis habituée, vous savez.

Le valet lui jeta un bref coup d'œil et se détourna aussitôt.

— Alors ? insista Lucia, vous avez déjà vu une personne aussi petite que moi ?

— Jamais, mademoiselle, répondit le valet, rouge comme une tomate.

Ils eurent finalement pitié de lui et le laissèrent en paix jusqu'au Palais. D'ailleurs, à mesure qu'on s'en approchait, Lucia n'avait plus envie de rire. Ils traversèrent le parc aperçu des mois plus tôt lors de leur arrivée. C'était la même brume et les mêmes soldats coiffés de bonnets noirs à poil d'ours, certains figés comme des statues, d'autres paradant avec la raideur de jouets mécaniques.

— Bonjour messieurs, leur dit Lucia par la fenêtre quand le fiacre passa devant eux, mais ils l'ignorèrent absolument.

Le valet précéda les deux jeunes gens dans une salle où se dressaient des colonnes de marbre, puis le long d'un couloir éclairé de flambeaux. Enfin, il les fit entrer dans une antichambre où il les abandonna. Les murs étaient couverts de tableaux représentant des combats navals, sans doute ceux remportés par la marine de guerre de Sa Majesté. Tillmann, impressionné, les observa les uns après les autres. Pendant ce temps, Lucia patientait sur un fauteuil qui aurait pu recevoir quinze postérieurs comme le sien.

Au bout de quelques minutes, la porte s'ouvrit à la volée et un bonhomme à la chevelure rousse et bouclée entra, un large sourire aux lèvres.

— Ah, mes amis, vous êtes là ! Je m'appelle Winston Philip Douglas Barkley et je suis le secrétaire particulier de Sa Majesté. Bienvenue au Palais !

Il marcha droit vers Tillmann et lui serra vigoureusement la main.

— Monsieur !

Puis il se dirigea vers Lucia et lui donna son petit doigt à serrer en fronçant drôlement les sourcils, pour l'amuser sans doute.

— Mademoiselle !

— Bonjour monsieur, répondit très sérieusement Lucia. Je m'appelle Lucia Serrano Hernandez.

Tillmann admira la présence d'esprit de son amie. Elle au moins avait su réagir et dire son nom. Lui était resté muet comme un nigaud. Il faudrait qu'il soit plus vigilant devant la reine !

— Nous allons nous rendre dans la salle de réception, reprit le secrétaire. Sa Majesté vous y attend en compagnie de quelques maharadjahs venus des Indes. Puis-je vous faire deux recommandations auparavant ?

— Oh oui, s'il vous plaît ! répondirent les deux visiteurs à l'unisson.

L'homme se pencha vers eux et baissa la voix :

— La première est celle-ci : veuillez appeler Sa Majesté « Madame », quand vous vous adresserez à elle, car c'est la tradition avec une reine, et la seconde est de parler suffisamment fort, surtout vous, mademoiselle, si je puis me permettre, car vous avez un tout petit brin de voix.

Il les précéda dans un large escalier de pierre. Devant la porte de la salle de réception, Barkley arrangea la mise de son costume, et invita d'un geste les deux artistes à faire de même. Lucia aéra sa belle chevelure brune, Tillmann vérifia que sa chemise était bien boutonnée jusqu'en haut, et ils entrèrent.

Le thé était déjà servi. Autour de plusieurs tables basses, une quinzaine d'hommes enturbannés et vêtus de longues tuniques blanches se tenaient assis par petits groupes. Tous étaient pourvus de moustaches et de barbes bien fournies : des noir ébène, des poivre et sel, des blanches comme neige. Leurs yeux doux et sombres luisaient sous des sourcils abondants. Sa Majesté, coiffée d'un diadème et dont la robe d'un bleu profond dénudait les épaules, occupait un fauteuil particulier, un peu plus haut que les autres. Ce n'était plus une jeune femme en effet, loin de là, mais la rondeur un peu molle du visage atténuait les effets de l'âge.

— Madame, fit Barkley, voici vos deux invités.

Tous les hommes présents tournèrent la tête vers eux. La reine posa sa tasse sur une petite table prévue pour elle seule et entreprit aussitôt de questionner Lucia.

— Comment vous appelez-vous, mademoiselle ?

— D'où venez-vous, exactement ?

— Vous plaisez-vous dans notre pays ?

Tillmann admira sa petite camarade de répondre si bien et avec autant de grâce malgré son émotion. Elle n'oubliait ni de parler aussi fort que possible, ni de dire « Madame », ni d'esquisser à chaque réponse une élégante révérence qui semblait ravir Sa Majesté. Quelques-uns des hommes à turban s'enhardirent à l'interroger aussi, croyant originales des questions que Lucia avait déjà entendues plus de cinq mille fois :

— Combien pesiez-vous à votre naissance ?

— Est-ce qu'il arrive qu'on se moque de vous et que faites-vous en ce cas ?

– Comment trouvez-vous des vêtements à votre taille ?

Quand ils furent au bout de leur curiosité, le secrétaire particulier reprit la parole.

– Messieurs, dit-il, Sa Majesté a tenu à vous présenter également ce jeune garçon qui possède la capacité de s'élever dans les airs sans aucun artifice. C'est ce que nous appelons lévitation, je crois, et que de très vieux sages parviennent à réaliser, dit-on, dans vos pays. Celui qui va vous en faire ici la démonstration a tout juste quinze ans. Monsieur Ostergrimm, c'est à vous.

Tillmann jeta un regard désespéré vers Lucia. Il se sentait incapable de réaliser quoi que ce soit dans ce silence impressionnant. Cet imbécile de Barkley pensait sans doute que décoller du sol était une chose aussi simple que dénoyauter des olives. Il se trompait. Lucia l'encouragea d'un froncement de sourcils :

– Allez, Tillmann, tu ne vas pas tout gâcher. Devant la reine !

Il se détendit, tâcha d'oublier les quinze moustaches, les quinze barbes, les quinze paires de doux yeux noirs braqués sur lui. La reine inclinait drôlement la tête sur le côté et, toute reine qu'elle était, elle fit comme les autres quand les pieds de Tillmann quittèrent le parquet de chêne de la salle de réception : sa bouche s'entrouvrit et ne se referma plus.

À présent Tillmann flottait à un bon mètre du sol et pouvait voir par la fenêtre deux jardiniers qui s'affairaient dans le parc.

— Marche ! lui souffla Lucia et il s'exécuta en décrivant une petite boucle jusqu'à la porte et retour.

En faire davantage lui paraissait imprudent. On n'était pas sous le chapiteau de Globus, ici. Mais Lucia insista en joignant ses deux mains sous sa joue :

— Fais semblant de dormir !

Tillmann hésita, puis il se dit qu'après tout on ne se produisait pas tous les jours devant la reine. Sa manœuvre pour s'allonger sur son lit imaginaire l'amena au-dessus d'un groupe de trois gros maharadjahs pansus qui basculaient la tête en arrière pour mieux le voir. Il mit la main à la poche droite de son pantalon pour en tirer le bonnet de nuit qu'il avait pris soin d'emporter, et ce simple geste fut à l'origine de la catastrophe. Une pièce de monnaie, qui n'aurait pas dû y être, se trouvait là. Elle s'échappa, tomba et tinta sur la table. Le moins gros des trois maharadjahs s'en saisit, se souleva à grand-peine de son fauteuil et tendit le bras vers Tillmann.

— Monsieur, votre monnaie, je vous prie, dit-il, certain de remporter un succès comique.

— N... non ! Ne le touchez pas ! s'écria Lucia.

— Ne... ne me touchez pas ! reprit Tillmann, effaré.

Trop tard. Le gros homme avait déjà glissé la main dans la poche du pantalon pour y remettre la pièce. L'effet fut immédiat. À peine touché, Tillmann s'abattit de tout son poids sur la table. Sa chute, d'un bon mètre cinquante, fit exploser tasses, sous-tasses, théière, assiettes de biscuits, petits pots de lait, salades de fruits et confitures. Ce fut un fracas terrible dans l'atmosphère feutrée du salon. Des domestiques accoururent aussitôt pour secourir les trois maharadjahs dont les belles tuniques blanches étaient maintenant maculées de jus de groseille. La reine elle-même qui ne se trouvait pas très loin, reçut un gâteau sec dans les dentelles de son col. Barkley s'affairait de son mieux pour réparer les dégâts.

– Ce n'est rien ! s'écriait-il. Ce n'est rien ! Et au moins cela confirme qu'il n'y a aucun artifice, n'est-ce pas ?

– Je suis désolé… bredouillait Tillmann, à quatre pattes sur la table.

– Mais non, c'est ma faute ! s'excusait le gros maharadjah, barbouillé de crème anglaise.

L'incident mit une fin prématurée à la réception. Tandis qu'on remettait de l'ordre, les invités hindous furent entraînés dans le parc pour une petite promenade. Tillmann et Lucia attendirent longuement qu'on veuille bien s'occuper d'eux. Sa Majesté, quant à elle, s'était retirée depuis longtemps.

Dans la voiture qui les ramenait au Grand Théâtre de l'Univers, Lucia se montra mélancolique. Sa visite au Palais n'avait pas été à la hauteur de ses espérances. Tillmann, lui, se sentait mal à l'aise dans le costume neuf qu'on lui avait offert en remplacement du sien, tout taché. Ils regardaient l'un et l'autre défiler les rangées grises des peupliers. Le valet somnolait.

— Tu es déçue ? finit par demander Tillmann.

— Un peu, dit Lucia. Mais il faut te reconnaître une qualité, Tillmann Ostergrimm.

— Ah ? Laquelle ?

— Avec toi on ne s'ennuie jamais.

Ils se mirent à rire, un peu, puis beaucoup, puis énormément et ils continuèrent sans pouvoir s'arrêter. Dès qu'ils y parvenaient, l'un d'eux pouffait à nouveau et c'était reparti.

— Au fait, dit soudain Tillmann. On n'a même pas bu le thé, finalement ?

C'était vrai, et cette fois ils se tordirent tellement que la voiture en fut secouée jusqu'à l'arrivée à Globus. Le valet, sérieux comme un croque-mort, les regardait sans comprendre. Le cocher, qui s'était retourné plusieurs fois pour voir ce qui se passait derrière lui, succomba à la contagion et finit par rire aussi fort qu'eux.

# 11
## Dans lequel Tillmann donne sa première représentation en plein air

Quand vint le jour de la première représentation en plein air, toutes les craintes des artistes se justifièrent. Au milieu de la matinée, Draken annonça officiellement ce qui allait arriver. Il ne prit pas la peine de réunir son monde autour de lui. Il se contenta de se planter au milieu du campement et fit retentir tous azimuts sa voix surpuissante. Sans doute qu'on l'entendit jusque dans les villages voisins :

– VOTRE ATTENTION S'IL VOUS PLAÎT ! PAS DE SPECTACLE SOUS LE CHAPITEAU CE SOIR ! IL AURA LIEU CET APRÈS-MIDI, DANS LA PRAIRIE. J'AURAI BESOIN DES MUSICIENS ET D'OSTERGRIMM. ET C'EST TOUT. LES AUTRES PEUVENT SE REPOSER.

Là-dessus, il se retira dans sa roulotte avec les frères Dombrovski et refusa de donner la moindre explication à quiconque.

C'était une belle journée de fin d'hiver. Le givre scintillait sur la campagne quand Tillmann se mit en route en compagnie de Dimitri. Ils franchirent la colline et débouchèrent au-dessus de la prairie ensoleillée. Ils eurent un choc en découvrant la foule qui l'occupait déjà. Des milliers de spectateurs attendaient là, debout. Des familles entières, venues des quartiers populaires ; des mères chargées d'enfants en bas âge ; des groupes de femmes en robes et de messieurs en habits ; des jeunes gens bruyants ; des personnes âgées appuyées sur leur canne. Et on continuait d'affluer par les trois chemins d'accès dont chacun était gardé par l'un des frères Dombrovski. Ils encaissaient l'argent, et avec eux on ne risquait pas d'entrer sans payer.

Les deux garçons descendirent, et se frayèrent un passage parmi les gens sans que personne ne les reconnaisse. Ils parvinrent ainsi jusqu'à un véritable ring dressé au milieu de la prairie et délimité par des rangées de trois cordes. Draken attendait là, dégoulinant de sueur et d'excitation dans sa veste bariolée.

– AH, OSTERGRIMM ! ENFIN TE VOILÀ !

Puis, tandis que Tillmann franchissait les cordes, il commença son annonce. Sa voix retentit, plus forte que jamais.

– MESDAMES ET MESSIEURS, MON NOM EST DRA-

KEN, D.R.A.K.E.N. : DRAKEN. J'AI L'HONNEUR DE DIRIGER GLOBUS, LE GRAND THÉÂTRE DE L'UNIVERS ET JE VOUS PROPOSE D'ASSISTER À LA PLUS EXTRA-VAGANTE, LA PLUS FORMIDABLE, LA PLUS ÉTRANGE ET LA PLUS BOULEVERSANTE SENSATION. MES-DAMES ET MESSIEURS, VEUILLEZ APPLAUDIR L'AR-TISTE QUE J'AI EU LA CHANCE DE DÉCOUVRIR ET QUE JE SUIS HEUREUX DE VOUS RÉVÉLER, LE PRODI-GIEUX, LE PHÉNOMÉNAL, L'INCOMPARABLE HOMME-OISEAU ! MERCI DE NE RIEN LUI JETER LORSQU'IL ÉVOLUERA AU-DESSUS DE VOS TÊTES ! MUSIQUE !

L'homme-oiseau ! Draken ne s'était pas foulé ! Tillmann ne put s'empêcher de sourire. Est-ce que Dimitri allait le lire quand il serait là-haut ? Les deux musiciens se mirent en action. Malgré sa fortune nouvelle, Draken s'était bien gardé d'en engager un troisième et, à défaut de jouer juste, ils compensaient leur petit nombre en faisant autant de bruit que pos-sible. Au bout de quelques minutes de ce tintamarre, Draken leva un bras pour les arrêter. Alors Tillmann se plaça au milieu du ring, ferma les yeux et s'éleva lentement à la verticale, les bras légèrement décollés du corps.

C'était la première fois qu'il se produisait en plein air, si on excepte son exhibition, involontaire d'ail-leurs, sur la petite place de sa ville, et il en éprouva des sensations nouvelles. À quelques mètres du sol, l'air semblait déjà différent, plus frais, plus vif. La brise lui caressait les mains et les joues. Il gagna encore une dizaine de mètres et regarda en dessous de lui les milliers de visages tournés dans sa direction. Il ne distinguait plus leurs traits. Jusqu'où était-il capable de monter ? Il n'en avait jamais fait l'expérience jusqu'à ce jour. Il poursuivit sa régulière ascension, sans heurt ni crainte. À mesure qu'il prenait de l'altitude, le paysage alentour se découvrit à lui : la toile rouge sale du chapiteau de Globus derrière la colline, la campagne au-delà, resplendissante sous le givre, la grand-route qui s'en allait tout droit vers la ville. Il fit une halte. Deux martinets, sans doute étonnés de le voir ici, vinrent voleter autour de lui en agitant leurs ailes rapides. L'un d'eux s'approcha si près que Tillmann vit son petit œil rond et noir. Et s'ils venaient à me toucher ? s'interrogea-t-il un instant, mais il se rassura vite. Ces oiseaux étaient des êtres du ciel, comme lui, et leur contact ne le ferait sûrement pas chuter.

Il songea qu'il pourrait s'enfuir s'il le voulait. Rien n'était plus facile. Il suffisait de ne pas redescendre dans la prairie et de se laisser dériver, au hasard du vent. À cette pensée, il éprouva une grisante sensation de liberté et sa poitrine se gonfla. La foule, tout en bas, n'était plus maintenant qu'une tache sombre, grouillante et indistincte. Parmi les spectateurs, il y avait Dimitri bien sûr, mais aussi Lucia, Monsieur Mangetout et les autres. Que penseraient-ils en le voyant s'éloigner, devenir un petit point dans le ciel et disparaître à jamais ?

Il entama sa descente à regret. La brise l'avait un peu déporté vers l'est, il marcha à pas lents contre elle pour se replacer au-dessus de la prairie, au-dessus du ring. Ce qu'il perçut en premier fut la voix de Draken, et lui qui venait d'éprouver la pureté et le silence du ciel, il la trouva agressive et vulgaire :

— L'HOMME-OISEAU REDESCEND, MESDAMES ET MESSIEURS ! ET OUI, C'EST BIEN BEAU LES HAUTEURS, MAIS Y'A PAS GRAND-CHOSE À MANGER LÀ-HAUT ! ET C'EST BIENTÔT L'HEURE DU CASSE-CROÛTE, AH AH AH ! APPLAUDISSEZ-LE ! ET DITES-LE BIEN AUTOUR DE VOUS : LA PROCHAINE REPRÉSENTATION AURA LIEU DEMAIN ICI MÊME À LA MÊME HEURE ! JE VOUS RAPPELLE MON NOM : JE M'APPELLE DRAKEN, D.R.A.K.E.N. : DRAKEN, ET JE DIRIGE GLOBUS, LE GRAND THÉÂTRE DE L'UNIVERS. JE VOUS REMERCIE ET VOUS SOUHAITE UNE BONNE FIN DE JOURNÉE.

Tillmann se posa sans difficulté. Il lui sembla revenir d'un voyage lointain et que tout ce qui l'entourait lui était étranger : les applaudissements, la cohue des gens qui se bousculaient pour le voir de plus près, les aboiements des frères Dombrovski qui tentaient de les faire reculer, les beuglements de Draken qui criait que c'était fini et qu'il n'y avait plus rien à voir. Lucia se tenait au bord du ring, accrochée à deux mains à la corde la plus basse. Ses yeux brillaient et son fin visage était froissé par l'inquiétude :

— J'ai eu peur que tu ne reviennes pas...

Elle avait deviné son secret désir d'évasion. Il s'agenouilla pour être à sa hauteur et chuchota :

– N'aie pas peur. Je ne partirai pas sans toi.

Les après-midi de la semaine suivante se déroulèrent tous de la même façon. Tillmann se rendait à la prairie, il montait dans les airs, y évoluait une vingtaine de minutes, redescendait. Draken faisait son boniment sans oublier de resservir sa blague du casse-croûte qu'il trouvait excellente et il encaissait la recette. Un jour, il plut mais Draken refusa d'annuler la représentation. Tillmann dut monter dans un ciel chargé de nuages gris. Il revint aussi trempé que s'il avait plongé dans la rivière. On venait maintenant avec des jumelles et des longues-vues pour mieux voir l'homme-oiseau. La foule augmentait de jour en jour, semblait-il, et les spectateurs se comptaient par milliers dorénavant. Inutile de dire que les caisses de Globus devaient être pleines à craquer. Personne, cependant, n'osait affronter Draken pour exiger qu'on partage un peu mieux la galette. Seul Tillmann avait eu droit à une modeste augmentation.

– C'est vrai qu'on pourrait réclamer, disait Mange-tout en triturant ses biceps, mais d'un autre côté Draken continue à nous donner à manger alors qu'on travaille plus. Il pourrait nous ficher à la porte.

– Qui te dit qu'il ne va pas le faire ? reprenait Shawnee. Moi, je préférerais m'en aller avant. On a sa fierté, non ?

— Tout à fait, approuvait Lucia. Être nourrie à ne rien faire me déplaît beaucoup. Ce n'est pas ta faute, Tillmann, mais nous sommes tous malheureux, tu le vois bien.

Tillmann baissait la tête, et il était sans doute le plus malheureux de tous. Dimitri ne disait rien. La nouvelle situation semblait lui être égale, mais il s'amusa cependant à calculer de tête ce que le nouveau spectacle en plein air devait rapporter. C'était au cours d'un repas, et ils furent tellement estomaqués par le résultat qu'ils ne purent plus rien avaler. D'après Dimitri, en une seule représentation de l'homme-oiseau, Draken et les frères Dombrovski encaissaient chacun ce qu'eux, les artistes, mettaient exactement deux ans, quatre mois et seize jours à gagner.

Le soir même, Tillmann appela grand-mère Fulvia afin de lui demander conseil.

— Viens me voir, grand-mère, murmura-t-il dans son lit, une fois certain que Dimitri dormait, j'ai besoin de toi.

Elle mit beaucoup plus de temps que d'habitude à venir, et lorsqu'elle montra enfin son visage au bord du lit, il sembla à Tillmann qu'elle était un peu distante, comme contrariée.

— Ça ne va pas, grand-mère ?

— Ça va très bien, mon garçon, mais il se trouve que j'ai sommeil, alors dépêche-toi, je te prie.

Cette manière sèche ne lui ressemblait pas et Tillmann comprit d'un coup. Il l'avait mal accueillie l'autre nuit et voilà qu'elle lui rendait la monnaie de sa pièce.

– Pardonne-moi, grand-mère pour l'autre soir, mais j'étais fatigué et je voulais être en forme le lendemain. Pour te faire honneur devant la reine, tu comprends.

La vieille dame n'avait marqué son mécontentement que pour la forme, sembla-t-il, et la lumière pétilla vite à nouveau dans ses yeux.

– Ce n'est rien, je te pardonne. Mais dis-moi, comment cela s'est-il passé chez la reine ?

– Bien, grand-mère, très bien.

– Ah, et tu n'as pas reniflé, j'espère ?

– Oh non, grand-mère, je n'ai pas reniflé.

Il dut lui raconter par le menu toute la réception, n'oubliant rien, si ce n'est le petit incident final, bien entendu.

– Bravo ! conclut Fulvia. Tu es un bon petit, et je suis fier de toi. La reine ! Tu te rends compte, toi, mon petit-fils, reçu par la reine ! Au fait, que me veux-tu ? Pourquoi m'as-tu appelée ?

Il prit son temps et raconta l'exploitation dont il était victime, l'injustice faite à ses camarades et la tristesse qui les accablait tous.

– Donc tu veux partir, c'est ça, dit-elle.

– C'est ça, grand-mère, mais…

– Mais tu ne veux pas te séparer de tes amis, j'ai bien compris ?

– Oui, je ne veux pas les abandonner.

– Alors réfléchis deux secondes. Si tu veux partir sans te séparer d'eux, que te reste-t-il à faire ?

– À les emmener avec moi ?

– Et voilà. Tu as trouvé tout seul. Partez vite !

– Mais qu'est-ce que nous ferons ?

– Du théâtre, mon garçon ! Du théâtre ambulant !

Tillmann frissonna. Il avait déjà caressé ce projet, bien entendu, mais sans oser y croire vraiment.

– Comment ferons-nous ? Tu nous imagines sur la route ? Shawnee est énorme, Lucia est minuscule, Dimitri se fiche de tout et Monsieur Mangetout n'est… comment dire… pas très intelligent. Tu parles d'une équipe !

– Partez, dit Fulvia avec un bon sourire, partez le plus vite possible. Tout ira bien.

Tillmann aurait voulu poser encore quelques questions, mais il y eut un bruissement d'étoffe et l'image de sa grand-mère s'évanouit.

# 12

## Dans lequel Monsieur Mangetout se montre indispensable

Cette nuit-là, Tillmann accomplit une étrange tournée. Elle commença par Lucia. C'est à elle qu'il voulut parler en premier de son projet peu raisonnable. Il descendit l'échelle de bois sans réveiller Dimitri. Comme c'était la pleine lune, il laissa sa lampe à huile accrochée au clou et sortit à pas de loup. Le campement était silencieux, hormis bien sûr l'inévitable ronflement de Draken.

Lucia partageait avec Shawnee une roulotte tout près de la rivière, mais elle utilisait très peu son lit. Elle passait ses nuits blottie dans les bras de son amie. Celle-ci, qui respirait mal dans cette position, n'aimait pas être allongée. Elle préférait dormir à demi-assise sur la plate-forme construite pour elle, adossée à ses oreillers, avec la petite Lucia dans son giron. Toutes deux appréciaient cette douce proximité dont Draken les avait privées en supprimant leur numéro. Elles s'endormaient ainsi chaque soir, après avoir échangé leurs secrets, leurs confidences, leurs espoirs. Tillmann dut toquer plusieurs fois à la porte avant que Lucia ne réponde :

— Qui est là ?

— C'est Tillmann. Je veux te parler.

— Entre.

Il vint s'agenouiller près de Shawnee qui dormait profondément, la tête reposant sur les bourrelets de ses propres épaules comme sur un coussin. La lune éclairait la pièce d'une lumière pâle. Lucia se dégagea avec délicatesse de sa couverture.

— Que veux-tu ?

— Je veux partir. Est-ce que tu viendras avec moi ?

Il exposa son projet en quelques mots : la fuite loin de Draken, le théâtre ambulant, la liberté. Quand il eut fini, la petite femme prit un mouchoir caché sous le col de sa chemise de nuit et le pressa contre son visage. Ses épaules se mirent à trembloter.

— Lucia, qu'est-ce que tu as ? Tu pleures ?

Il prit sa menotte entre son pouce et son index et attendit qu'elle se calme. Elle s'essuya les yeux.

— Je savais que ça arriverait. Il fallait bien que ça finisse un jour, soupira-t-elle. On était bien pourtant, tous ensemble, ici, et maintenant c'est fini. Tu m'as dit l'autre jour que tu ne partirais pas sans moi. Mais le monde est mal fait parce que, moi, je ne partirai pas avec toi, Tillmann.

Elle leva les yeux vers Shawnee qui respirait paisiblement.

— Si je la quitte, elle aura trop de chagrin. Je t'aime beaucoup, mais elle et moi, on est comme sœurs maintenant, tu comprends ?

— Mais je comptais bien l'emmener aussi !

— Tu es fou, elle marche très mal. Et il faut trois hommes pour tirer sa remorque. Partez, moi je reste ici avec elle.

Tillmann soupira à son tour. Il n'avait pas pris le temps de réfléchir à cette difficulté. Et il avait compté sans l'attachement profond qui unissait les deux femmes.

— Je vais trouver une solution, dit-il, ne t'en fais pas, dors.

La solution, il ne la voyait pas, malgré ses paroles rassurantes, et il revint songeur à sa roulotte.

Dimitri fut plus difficile à réveiller que Lucia. Il se frotta les yeux une bonne minute en demandant ce qui se passait. Quand il fut enfin en état de comprendre ce que Tillmann lui disait, il l'écouta d'un air hébété, et c'était à chaque seconde comme s'il avait pensé : Qu'est-ce qu'il me raconte celui-ci ?

— Oh ! là, là ! fit-il, l'aventure, c'est pas pour moi. Désolé, camarade, mais je reste ici. J'ai un lit et de quoi manger. Je demande rien d'autre.

— Et si on part tous ? lui demanda Tillmann, tout en sachant que ce ne serait pas possible, mais il avait envie de le provoquer un peu.

– Et ben partez tous… bâilla Dimitri, comme s'il s'en contrefichait, et il se retourna pour dormir.

Tillmann dut s'avouer qu'il était cruellement déçu. Lucia d'abord, Dimitri maintenant. Est-ce qu'il allait se retrouver seul sur la route ? Il eut la tentation de se remettre au lit et de ne plus y penser pour l'instant, mais il décida d'aller au bout de ses idées.

Monsieur Mangetout habitait seul dans une roulotte voisine de celle de Draken. À mesure qu'on s'en approchait, les grognements du directeur devenaient si présents qu'on avait l'impression de partager son lit. Tillmann frappa à la porte, puis à la vitre.

– Qu'est-ce que c'est ? fit la voix ensommeillée de Monsieur Mangetout.

– C'est Tillmann. Je veux vous parler.

L'homme vint ouvrir au bout de quelques secondes. Son pyjama à rayures s'entrouvrait sur sa poitrine velue. Tillmann n'était jamais entré dans cette roulotte. En un coup d'œil, il nota que tout était parfaitement rangé, la poussière faite, les vêtements pliés. Un cadre accroché à la cloison représentait une maisonnette au milieu d'un pré en fleurs. Tillmann trouva cela inattendu et attendrissant.

– Assieds-toi, fit Monsieur Mangetout en désignant la seule chaise de la roulotte et la table de bois.

Puis il prit tout son temps pour allumer sa lampe à huile dont il régla la flamme au minimum. Enfin, il prit place en face de Tillmann, sur un tabouret.

– Qu'est-ce que tu veux me dire ?

— Voilà, Monsieur Mangetout, j'ai décidé de partir, enfin de m'enfuir, et je voulais savoir si vous viendriez avec moi.

Monsieur Mangetout le considéra quelques secondes seulement, puis il fit une réponse étonnante et toute simple :

— Oui.

C'était un bon gros « oui », franc et placide.

— Vraiment ? fit Tillmann. Vous êtes partant ?

— Ben oui que je suis partant. J'en ai assez de Globus et de Draken. Qui c'est qui vient avec nous ?

Tillmann se trouva assez déconcerté.

— Et bien, c'est-à-dire que Dimitri ne veut pas venir, Shawnee ne peut pas et Lucia ne veut pas la laisser. Alors voilà, on ne serait que tous les deux.

— Et pourquoi qu'elle peut pas venir, Shawnee ?

— Vous le savez bien, elle peine à marcher…

Monsieur Mangetout hocha la tête, pensif, puis il marmonna :

— Je peux tirer sa remorque, moi. Elle a qu'à venir. Comme ça Lucia viendra aussi, et ça s'ra mieux, non ?

— Mais vous ne pouvez pas tirer la remorque tout seul !

— Bien sûr que si ! J'ai pas inventé la poudre mais je suis costaud. Et si je suis fatigué, tu m'aideras, ou bien on se reposera… Allez, c'est quand qu'on part ?

Tillmann l'aurait embrassé ! Il quitta la roulotte dans un grand état d'exaltation et ne résista pas à l'envie de retourner vers Lucia pour lui annoncer la nouvelle. La petite femme l'accueillit avec prudence. Elle était d'accord pour partir avec Shawnee, mais encore fallait-il que celle-ci soit elle-même d'accord. Pour la réveiller, ils lui chatouillèrent les orteils, lui soufflèrent sur les cils, lui grattèrent les joues, et c'était drôle de la voir faire des grimaces et ronchonner. Elle fut très étonnée, en ouvrant les yeux, de découvrir les deux jeunes gens hilares assis sur elle.

— Shawnee, commença Lucia, nous allons nous enfuir. Est-ce que tu viens avec nous ? Monsieur Mangetout tirera ta remorque.

Ils lui parlèrent de leur projet et s'aperçurent que le simple fait de prononcer ces deux mots : *théâtre ambulant*, les soulevait de bonheur. La grosse dame ne se fit pas prier. Elle était prête à les accompagner, cette nuit même s'il le fallait.

En revenant vers sa roulotte, Tillmann passa devant la cage de Sirius. La lune éclairait faiblement le grand lion endormi. L'énorme tête valide, côté mur, était invisible, mais l'autre, la malade, reposait entre les barreaux de la grille. Tillmann s'approcha et s'accroupit pour regarder de près les yeux entrouverts. Ils étaient gris et leur lueur pâle faisait penser à celle de la lune. Le grand lion-soleil dort, se dit-il, et le petit lion-lune veille. Une fois de plus, l'image de ses parents lui vint à l'esprit.

— Je t'emmènerais bien, murmura-t-il, si seulement tu n'étais pas…

Il ne sut pas comment terminer sa phrase. Quel mot fallait-il employer ? Attaché ? Double ? Malade ? Les paupières de l'animal s'abaissèrent lentement puis se rouvrirent, comme pour dire : Je sais… je sais… c'est comme ça…

Tillmann ne parvint pas à s'endormir avant le petit jour. C'est la première fois de ma vie que je décide vraiment quelque chose, réalisait-il. Mon père a choisi mon métier sans me demander mon avis, Dooley m'a fait assommer pour m'amener à Globus. Cette fois, c'est moi et moi tout seul qui choisis ce que je vais faire. Un théâtre ambulant ! Notre théâtre ambulant ! Quel bonheur !

Toute la journée du lendemain, les quatre futurs fugitifs évitèrent de se réunir afin de ne pas attirer l'attention. Malgré cela, il leur semblait que tout en eux trahissait leur projet : leur démarche, leur voix, leur façon de manger ou de ne rien faire. Ils avaient beau se conduire aussi normalement que possible, les regards qu'ils échangeaient étaient remplis d'étoiles. Ils décidèrent de partir dès la nuit suivante. Pourquoi tarder ? Aucun d'entre eux n'avait de bagages à préparer. Le souci principal était Shawnee et sa remorque. Comment la faire sortir du campement sans alerter tout le monde avec le grincement des roues et leur bruit sur le sol ?

– J'ai mon idée, grommela Monsieur Mangetout, mais il ne voulut pas en dire davantage.

Quand Tillmann s'éleva au-dessus de la prairie,

l'après-midi, il en profita pour mieux observer les routes et les chemins environnants. Il en vit un qui s'en allait vers l'ouest, au milieu de la forêt. C'est celui qu'il fallait suivre, estima-t-il, car si on les rattrapait, ils pourraient se cacher dans les bois et ressortir après l'alerte.

Le soir, chacun des quatre rassembla ses affaires et patienta jusqu'à minuit, l'heure du rendez-vous. Ils se retrouvèrent alors devant le chapiteau. Par chance, le ciel était bas et la nuit moins claire que la veille. Seule manquait Shawnee qui attendait sur sa remorque qu'on vienne la chercher. Monsieur Mangetout fit signe à Tillmann de le suivre, et tous deux rejoignirent la grosse dame.

– Je suis prête ! dit-elle, un grand sac de toile sur ses genoux.

Ils soulevèrent le timon et tendirent l'oreille. Draken ronflait encore plus bruyamment que d'habitude, à croire qu'il redoublait d'efforts ce soir-là. Monsieur Mangetout tira la remorque sur un mètre environ mais stoppa net dès que le ronflement cessa. Il repartit quand celui-ci reprit et ainsi de suite. C'était donc là son idée lumineuse : utiliser le ronflement formidable de Draken pour couvrir le bruit des roues ! Sans le vouloir, le terrible directeur devenait leur meilleur complice et protégeait leur fuite. S'il avait pu s'en rendre compte, sa rage en aurait sans doute été décuplée. Dès qu'il eut compris le stratagème de Monsieur Mangetout, Tillmann bondit à ses côtés pour l'aider. Ils progressèrent ainsi, par courtes avancées de quatre ou cinq mètres, séparées à chaque fois par quelques secondes de silence et d'immobilité.

— C'est comme « un deux trois soleil ! », souffla Lucia et ils faillirent tous éclater de rire.

Jusqu'au portail, ils redoutèrent d'être surpris. Il aurait suffi par exemple que le chien se mette à aboyer ou qu'un des frères Dombrovski ait la mauvaise idée de faire une promenade nocturne. Rien de tel n'arriva. Ils sortirent sans encombre du campement et suivirent le chemin pentu qui rejoignait la route. Dans la côte, la force de Monsieur Mangetout fit merveille. Ils passaient la colline quand une silhouette apparut au portail de Globus, tout en bas.

— Zut ! fit Lucia. Quelqu'un nous poursuit ! Et on dirait qu'il a le chien avec lui.

Ils imaginaient déjà le pire quand Tillmann reconnut celui qui grimpait la côte à grands pas.

— C'est Dimitri ! Et Marika !

Le garçon, hors d'haleine, les rejoignit en quelques secondes, son balluchon sur l'épaule, et la petite chèvre blanche sur ses talons au bout d'une corde. Il leur adressa un sourire gêné et ne sut pas quoi dire.

— Tu viens avec nous ? demanda Shawnee pour le tirer d'embarras.

— Ben, si ça gêne pas, je veux bien, bredouilla Dimitri.

Les sourires qu'ils lui firent constituaient la meilleure des réponses : ça ne gênait pas, bien au contraire !

– Et j'ai amené Marika. Comme ça on aura du lait.

Ils dévalèrent la colline, longèrent la prairie déserte au milieu de laquelle se dressait le ring désormais inutile, et ils s'engagèrent sur le chemin que Tillmann avait repéré la veille. Maintenant, ils filaient si vite que Lucia avait du mal à suivre sur ses courtes jambes. Tillmann la prit et la déposa dans les bras de Shawnee. Ils allèrent ainsi à marche forcée pendant un quart d'heure environ, puis Monsieur Mangetout s'arrêta quelques secondes pour se reposer. Alors Dimitri leva le doigt et murmura :

– Écoutez !

Ils tendirent tous l'oreille, intrigués.

– Qu'est-ce qui se passe ? demanda Lucia.

– Je ne sais pas, dit Shawnee, j'éprouve quelque chose de bizarre !

– Moi aussi, avoua Tillmann.

– Moi c'est pareil, grogna Monsieur Mangetout.

– Vous voulez savoir ce qui se passe ? fit Dimitri. Je vais vous le dire : on est déjà loin et on n'entend plus le ronflement de Draken. Voilà ce qui se passe.

Ils se regardèrent tous les cinq, émerveillés par ce silence. C'est à cet instant-là qu'ils comprirent vraiment ce qui leur arrivait : ils étaient libres.

# 13

## Dans lequel
## le Petit Théâtre Ambulant
## vit ses plus beaux jours

Pour Tillmann, Lucia, Shawnee, Monsieur Mangetout et Dimitri, les mois qui suivirent comptèrent parmi les plus heureux de leur existence, et ils en gardèrent pour toujours un souvenir émerveillé. Ils passèrent le printemps et l'été sur les routes, parcourant la campagne au gré de leur fantaisie, s'arrêtant là où ils se sentaient bien et s'en allant dès qu'ils en avaient envie.

La remorque, dont ils avaient craint qu'elle les retarde, s'avéra au contraire bien utile, et au fil des jours elle devint un peu leur « maison ». Quand, certains soirs, ils ne trouvaient pas d'hébergement, Shawnee restait assise dessus. Elle déployait ses jupons et ses robes autour d'elle. Cela faisait comme des rideaux qui coiffaient toute la remorque et ils dormaient à l'abri dessous. Au matin, ils soulevaient les tissus pour voir le temps qu'il faisait et redécouvrir le monde.

Ils donnaient leur spectacle dans les villages et les bourgs, et partout leur Petit Théâtre Ambulant recevait un accueil enthousiaste. La remorque se transformait alors en tréteaux. Monsieur Mangetout avait construit un escalier à quatre marches qui permettait d'y monter et d'en descendre facilement. Tillmann avait du mal à se reconnaître. Lui, si timide et réservé autrefois, prenait plaisir à bondir sur les planches et à déclamer sans peur :

– Approchez, mesdames et messieurs, approchez ! Le Petit Théâtre Ambulant vous propose ses attractions. C'est gratuit. Vous donnerez à la fin ce que vous voulez – ce que vous pouvez ! Approchez, n'ayez pas peur !

D'ordinaire, c'est Monsieur Mangetout qui ouvrait la représentation. Mais il avait abandonné l'idée d'avaler n'importe quoi pour épater les gens. Il présentait désormais un impressionnant numéro de force. Il commençait en tordant à mains nues une barre de fer jusqu'à lui donner la forme d'un cœur qu'il offrait à une spectatrice. Ensuite il déplaçait la remorque de plusieurs mètres en la tirant avec sa mâchoire. Pour finir, il défiait le public au tir à la corde. Il y avait toujours un fier-à-bras pour accepter l'affrontement. On traçait sur les planches un trait de craie et Tillmann arbitrait la partie. Monsieur Mangetout savait ménager le suspense. En bon comédien, il faisait mine d'être en difficulté, grimaçait, s'arc-boutait, serrait les dents, tandis que ses pieds glissaient, glissaient vers le trait blanc. Lucia et Dimitri s'approchaient, l'œil inquiet, pour ajouter à la comédie. Alors, au moment où les spectateurs criaient déjà victoire et acclamaient leur champion, Monsieur Mangetout se redressait, lâchait la corde d'une main et, de l'autre, tirait tranquillement son adversaire vers lui, sous les rires et les applaudissements. Il lui arriva d'affronter deux adversaires à la fois, et même trois, mais jamais on ne le vit franchir la ligne de craie.

Marika venait en second. Tillmann interrogeait la petite chèvre blanche qui répondait à toutes les questions en bêlant deux fois.

– Combien font 14 – 12, Marika ?

– Et 17 – 15 ?

– Combien avez-vous d'oreilles, Marika ?

Avant de la laisser partir, Tillmann lui demandait toujours :

– Une dernière question, Marika, les spectateurs seront-ils généreux à la fin de la représentation ? Si vous pensez que oui, alors veuillez bêler deux fois.

Elle le faisait et s'en allait en sautant en bas de la remorque sans même passer par l'escalier. Comment après cela ne pas laisser une piécette dans le chapeau ?

Lassé d'énumérer des listes de chiffres, Dimitri avait imaginé un tour plus amusant et qui frappait davantage les imaginations. Tillmann, qui le présentait, demandait à un spectateur de bien vouloir donner à voix haute sa date de naissance. Dimitri réfléchissait une vingtaine de secondes dans le silence, puis il indiquait infailliblement le jour de la semaine dont il s'agissait.

– Vous êtes né un mardi, monsieur.

– C'est exact ! disait l'homme, ébahi, et il était le premier à applaudir.

– Et vous avez vécu 14 652 jours, ajoutait Dimitri sans qu'on le lui ait demandé.

Les mains se levaient alors dans le public :

– Et moi ? Et moi ? criaient les enfants. Je suis né quel jour ?

Sans la grandiloquence de Draken, le rapport avec les spectateurs était bien plus chaleureux que sous le chapiteau de Globus. Tout se passait avec simplicité et modestie. Souvent Dimitri se tenait assis au bord de la remorque et faisait ses calculs à la demande. Il résolvait toutes les opérations qu'on lui soumettait. Certains les posaient au crayon sur leur carnet, pour tâcher de le devancer, mais il n'y avait rien à faire contre lui.

Shawnee et Lucia, qui en avaient assez d'être de simples phénomènes et qu'on les regarde « ne rien faire », proposaient maintenant un véritable numéro. Tillmann les avait aidées à le mettre au point et c'était à coup sûr la plus belle chose que le Petit Théâtre Ambulant donnait à voir. Voici comment cela avait commencé.

On s'était d'abord aperçu que Shawnee chantait drôlement bien. Elle connaissait de belles mélodies qu'elle modulait d'une voix précise et veloutée, dans la langue de son pays.

— Pourquoi tu ne chantais pas, à Globus ? lui avait-on demandé.

— Je suis un petit oiseau, avait-elle répondu sans rire, je chante depuis qu'on a ouvert ma cage.

Ravie de l'entendre, Lucia s'était mise à l'accompagner en dansant, juste comme ça, sans y penser. Et c'était incroyablement gracieux. Ses pas de danse ressemblaient presque à des acrobaties. Elle enchaînait avec souplesse les sauts, les pirouettes, les équilibres. Il avait suffi d'accorder ses mouvements au rythme du chant de son amie et maintenant l'harmonie était parfaite. Lucia, vêtue d'une robe moins encombrante que la précédente, évoluait avec tant de légèreté sur la remorque qu'on n'entendait même pas le bruit de ses pieds sur le bois. Shawnee, se tenait debout, appuyée contre le bord. Elle ne quittait pas sa petite camarade des yeux, elle la portait de sa voix, avec délicatesse, un peu comme on souffle sur un duvet d'oisillon pour ne pas le laisser retomber.

Et Tillmann, direz-vous ? Il clôturait le spectacle, sans doute ? Et bien pas du tout. Il était le présentateur et c'est tout. Ils avaient estimé d'un commun accord que sa performance était trop extraordinaire pour passer inaperçue. Si parfois Draken et les frères Dombrovski étaient à leurs trousses, il valait mieux se montrer discrets. Or un garçon qui s'élève dans les airs sans s'appuyer à rien du tout n'est pas spécialement discret.

Cela ne l'empêchait pas, dès qu'il se savait à l'abri des regards, d'offrir une séance privée à ses camarades. C'est Lucia qui le sollicitait le plus souvent.

— Tillmann, tu nous montres, s'il te plaît. Ça me manque…

Il ne se faisait pas prier. D'ailleurs lui aussi trouvait dans ses petites envolées un plaisir incomparable.

— Tu as l'air heureux, là-haut, disait Shawnee. Et quand on te regarde, on a l'impression que le temps s'arrête.

C'était vrai. Aussi longtemps qu'il restait suspendu dans les airs, le temps semblait se suspendre lui aussi.

Quand il avait envie de s'amuser, Tillmann se mêlait aux spectateurs qui assistaient au spectacle, devant la remorque, et il se contentait de décoller de quelques centimètres, l'épaisseur de deux semelles pas plus, ni vu ni connu.

— C'est formidable, non ? disait-il à son voisin tandis que Lucia faisait un salto ou bien que Monsieur Mangetout tordait sa barre de fer.

— Oui c'est vraiment incroyable ! répondait l'autre, sans se douter qu'à vingt centimètres de lui se passait une chose bien plus incroyable encore.

Son don merveilleux leur était souvent très utile. Pour cueillir les plus belles cerises en haut des cerisiers par exemple. Ou bien pour s'orienter. Dès qu'ils hésitaient sur la direction à prendre, Tillmann prenait de la hauteur et voyait si tel chemin se perdait dans les taillis ou si tel village était encore loin. Il fallait seulement prendre garde à le faire discrètement. Un après-midi, il fut surpris dans les airs par un garçon qui se sauva à toutes jambes, sans doute pour aller raconter chez lui ce qu'il venait de voir. On imagine comment ses parents durent le recevoir.

À la fin des représentations, Tillmann remerciait les gens et Lucia passait parmi eux, un chapeau à la main. Le plus souvent, la récolte était bonne et elle leur permettait d'acheter de quoi se régaler au repas du soir. En cas de pluie, Tillmann demandait si quelqu'un pouvait offrir un toit à leur petite troupe, ne serait-ce qu'une grange ou un coin de hangar. Là aussi la générosité était la règle.

Oui, vraiment, ils vécurent là des jours heureux. Ce ne fut pas toujours facile, mais ils ne connurent jamais l'ennui, ni la tristesse, et ils s'entendirent aussi bien qu'on peut s'entendre entre personnes de bonne volonté.

À l'automne, cependant, arrivèrent deux événements, l'un triste et l'autre gai. Le premier fit que, de cinq, ils se retrouvèrent à quatre. Le second fit que, de quatre, ils se retrouvèrent à trois.

# 14
## Dans lequel Dimitri
## se comporte très mal

Lucia, qui passait le chapeau après les représentations, avait l'habitude de mettre la recette dans une boîte à cigares dont le couvercle était fendu, mais qu'on tenait fermée grâce à plusieurs tours d'un cordon bien serré. Cette boîte, elle la cachait toujours au même endroit : une petite niche où elle tenait tout juste, derrière une planchette, sous la remorque. Ils ne l'ouvraient que pour y puiser l'argent nécessaire à leurs achats : la nourriture bien entendu, des vêtements parfois, un outil pour Monsieur Mangetout, quelque ustensile de cuisine ou bien un accessoire indispensable au spectacle.

C'est Lucia qui tenait les comptes. Elle notait consciencieusement tout ce qui entrait dans la boîte ou en sortait. Un jour qu'elle s'y consacrait, assise sur une souche d'arbre, elle appela Tillmann. Trois rides soucieuses barraient son front, la boîte était ouverte sur ses genoux :

— Tillmann, il manque de l'argent.

— Beaucoup ?

— Non, un peu, mais il en manque. J'ai recompté trois fois.

Ils demandèrent aux autres, qui affirmèrent n'être au courant de rien.

— Je ne touche jamais à la caisse, dit Shawnee.

— Nous non plus, dirent Monsieur Mangetout et Dimitri.

Pour plaisanter, Tillmann interrogea même la chèvre blanche :

— Marika, c'est vous qui avez pioché dans la caisse ?

Elle bêla deux fois, tous rirent et on décida d'oublier l'incident. Malgré tout son sérieux, Lucia avait dû se tromper. Ça arrive à tout le monde. Ce n'était pas si grave. La petite femme baissa la tête et approuva, mais on voyait bien qu'elle n'en croyait pas un mot. Une semaine s'écoula sans qu'on en reparle, puis Lucia alerta de nouveau Tillmann. Cette fois elle semblait terriblement contrariée.

— Je n'y comprends rien ! Il manque encore de l'argent !

Ils comptèrent ensemble, et durent se rendre à l'évidence : quelqu'un s'était servi dans la caisse. Après le repas du soir, alors qu'ils étaient assis tous les cinq autour du feu, à griller des châtaignes, il fallut bien en parler.

– C'est très désagréable, dit Shawnee. Je ne veux accuser personne, mais moi je ne passe pas sous la remorque et donc je ne peux pas atteindre la caisse.

Les autres hochèrent la tête, son raisonnement était inattaquable.

– Ben, moi, j'ai rien pris, bredouilla Monsieur Mangetout, complètement éberlué qu'on puisse le soupçonner. Je… j'ai pas de preuve, mais j'ai rien pris, quoi…

Tout en lui respirait l'innocence, et ils ne purent s'empêcher de le réconforter :

– Mais non, bien sûr que non, on sait que ce n'est pas vous.

Restait Dimitri. Personne n'osait lever les yeux sur lui. Il y eut un silence pesant pendant lequel chacun regardait ses pieds, ses mains ou la châtaigne dans ses doigts, puis le garçon s'exclama :

– Vous m'accusez ou quoi ? Il manque rien dans la caisse. C'est ma faute à moi si vous savez pas compter ?

– Je compte aussi bien que toi ! riposta Lucia et elle se rendit compte aussitôt de la bêtise qu'elle venait de dire. Je compte moins vite que toi, se corrigea-t-elle, mais je compte juste. Il manque de l'argent.

– Il manque rien.

– Si !

– Eh bien, s'il en manque, il faut voir avec ceux qui tiennent la caisse !

– Oh ! s'écria Lucia et elle éclata en sanglots. Puisque

c'est comme ça, je ne m'en occuperai plus. Débrouillez-vous sans moi ! J'en ai marre !

Là-dessus, elle se leva, releva les pans de sa robe et partit en courant sur le chemin. Tillmann dut la rattraper et lui parler longtemps avant qu'elle accepte de rentrer au camp.

— On sait bien que tu es innocente, lui répéta-t-il sur le chemin du retour. Et celui qui t'accuse est peut-être le mieux placé pour le savoir.

— Alors toi aussi, dit-elle en soufflant dans son mouchoir, tu penses que c'est lui…

— Nous n'avons pas de preuve, Lucia. C'est vrai qu'il est un peu à part dans la troupe. Rappelle-toi : il ne voulait pas partir avec nous. Mais ça ne suffit pas pour l'accuser.

Le lendemain, un incident regrettable se produisit pendant la représentation. Pour la première fois, Dimitri se trompa dans ses calculs.

Une cinquantaine de spectateurs se pressaient sur la place du village. Monsieur Mangetout avait tordu sa barre de fer, fait pivoter la remorque avec ses dents, vaincu son adversaire au tir à la corde, et on avait enchaîné directement avec Dimitri qui s'impatientait. Debout à ses côtés sur la scène, Tillmann le sentait tendu et nerveux. Il se promit de tout faire pour ne pas le contrarier.

— Mesdames et messieurs, annonça-t-il, voici Dimitri, notre calculateur prodige.

Le premier à donner sa date de naissance fut un petit vieillard accompagné de sa femme. Dimitri enregistra mentalement les chiffres, se concentra très brièvement et lança avec désinvolture :

– Vous êtes né un samedi !

– Non, un dimanche ! répliqua le bonhomme.

Une ombre mauvaise passa sur le visage de Dimitri qui devint encore plus pâle qu'à l'accoutumée. Il se tourna sur le côté et refit ses calculs, plus longuement cette fois. Tillmann nota que l'agacement faisait vibrer sa paupière gauche.

– Vous êtes né un samedi ! répéta-t-il au bout d'une minute.

– Je suis né un dimanche ! s'entêta le vieux. Je m'en souviens très bien.

– Oui, il y était ! ajouta sa femme avec beaucoup de drôlerie.

Les rires fusèrent. Ce n'était pas méchant, les gens avaient juste envie de s'amuser, mais Dimitri le prit pour lui et il en fut mortifié. Tillmann devina qu'il bouillait de colère.

– Samedi ou dimanche, qu'importe ! intervint-il en se forçant à rire lui aussi. Notre calculateur prodige va vous dire combien de jours vous avez vécu, monsieur.

– Oui je vais vous le dire, bougonna Dimitri : trop !

Il n'avait pas prononcé le mot très fort, mais suffisamment tout de même pour qu'on l'entende. Il y eut un long « oh ! » indigné puis les protestations montèrent :

– C'est incroyable !

– On va t'apprendre la politesse, morveux !

Le vieux monsieur et sa femme s'en allèrent, suivis d'autres spectateurs. Tillmann prit Dimitri par l'épaule et lui souffla :

– Ça suffit ! Viens ! Descends de la scène !

Mais le garçon se rebella :

– Comment ça : « Descends de la scène ! » ? Tu es qui, toi, pour commander ? On t'a pas élu, il me semble !

Tillmann ne savait plus que faire. Ils n'allaient tout de même pas se battre devant tout le monde. Ce fut Monsieur Mangetout qui le tira d'affaire. Il arriva, portant dans ses bras la chèvre Marika qu'il déposa devant eux sur les planches.

– Ah, enchaîna Tillmann, voici Marika qui va tous nous mettre d'accord !

Et il lança le numéro comique avec elle.

Dimitri resta planté là quelques secondes, buté, mâchoires serrées, puis il tourna les talons et disparut par l'arrière.

Ce jour-là, la recette fut maigre et l'humeur maussade. Dimitri resta absent le reste de l'après-midi et ne revint qu'à la nuit. En le voyant réapparaître dans la clairière où ils avaient installé leur campement, ils en crurent à peine leurs yeux. Il arborait une veste grise à revers doré, toute neuve, qu'il avait pris soin de déboutonner pour qu'on admire le gilet vert bouteille, tout neuf aussi, qu'il portait dessous. Le vieux pantalon à bretelles et les chaussures usées provoquaient par contraste un effet comique impayable. Mais personne ne songea à rire. Au contraire, ils furent consternés et tellement stupéfaits qu'aucun d'eux n'osa poser la question brûlante : Où as-tu pris ces vêtements ? Et surtout : Comment les as-tu payés ? Dimitri affronta leur regard sans aucune gêne.

— Quoi ? Qu'est-ce qu'il y a ? J'ai pas le droit de m'habiller ? Je suis pas un clochard, moi !

Les jours qui suivirent, il refusa de remonter sur la scène. Ils n'insistèrent pas. Les disparitions d'argent cessèrent, mais chaque soir, Lucia ouvrait la boîte et faisait les comptes à voix haute, devant tout le monde afin qu'on ne puisse rien contester :

— Recette du spectacle : quinze sous. Dépenses du jour : un kilo de pain : trois sous ; un fromage : trois sous ; quatre clous pour la remorque : deux sous. Total des dépenses : huit sous. Restent sept sous. Il y avait quatorze sous en caisse. Quatorze et sept égalent vingt et un. Comptez avec moi : dix et deux douze et deux quatorze…

— Laisse ça, soupirait Shawnee, tu nous assommes à force…

— Si je t'assomme, tu n'as qu'à te boucher les oreilles. Quatorze et deux seize et deux dix-huit…

Shawnee, à qui Lucia n'avait jamais parlé ainsi, baissait les yeux. Monsieur Mangetout secouait la tête en soupirant. Dimitri, à l'écart, faisait celui qui n'en avait rien à faire. Il passait désormais le plus clair de son temps avec la chèvre Marika. Il la cajolait, lui parlait, et on se doutait bien de ce qu'il pouvait lui dire à voix basse : « Toi au moins tu n'es pas contre moi, tu vaux mieux que les humains, va… » Les repas communs, autrefois si gais devinrent de véritables soupes à la grimace.

Sur la route, Dimitri s'était mis à marcher cinquante mètres derrière tout le monde. Monsieur Mangetout allait le premier, tirant la remorque comme un vieux cheval fatigué. Shawnee trônait dessus, plus lourde que jamais, et Lucia, assise à l'arrière, lui tournait le dos, boudeuse. Tillmann venait derrière, les poings au fond des poches. Parfois, Lucia le regardait d'un air de reproche : Tu pourrais faire quelque chose, non ? C'est toi qui nous as entraînés dans cette aventure après tout… Ah, elle était loin la belle entente du printemps et de l'été ! C'était comme si quelqu'un avait jeté une pierre dans l'eau tranquille d'un étang et qu'une boue épaisse en était soudain remontée. Tout se brouillait maintenant. Le rire et la bonne humeur avaient fui, les gorges étaient nouées, les cœurs tristes.

Il fallait que cela prenne fin, et Tillmann décida d'agir. Lui qui avait osé défier son propre père pouvait bien venir à bout d'un garçon de son âge, non ?

Il n'en eut pas le temps. Un matin à l'aube, alors qu'ils avaient dormi sous la remorque, près d'un bois de hêtres, le cri de Lucia les réveilla tous.

— Il est parti ! Il est parti avec la caisse !

Tillmann se heurta la tête en se redressant. Monsieur Mangetout sursauta :

– Hein ? Quoi ? Qu'est-ce qui se passe ?

– Dimitri est parti avec la caisse ! répéta Lucia, debout près de la cachette. Regardez, il n'y a plus rien !

Tillmann enfila ses habits en quatrième vitesse et écarta le tissu de la robe de Shawnee pour sortir.

– Shawnee, cria-t-il une fois dehors, tu as vu Dimitri ?

La grosse femme, à demi-assise sur la remorque, émergea de sous ses nombreuses couvertures. La rosée faisait briller ses cheveux comme une coiffe argentée.

– Non, je n'ai rien vu. Je dormais. Il fait à peine jour !

Comment savoir dans quelle direction le garçon s'était enfui ? Peut-être était-il déjà loin ? Tillmann n'hésita pas, il repassa sous la remorque pour y prendre sa veste. Il ne fait pas chaud en altitude.

Il avait à peine décollé que Monsieur Mangetout l'appela d'en bas, le menton en l'air :

– Eh, Tillmann !

– Oui ?

– Si tu le trouves, t'bas pas avec... Ça vaut pas le coup, hein...

– D'accord, Monsieur Mangetout, d'accord...

Il dépassa bientôt la cime des hêtres. Leur couronne se colorait de roux aux premières lueurs du matin. Au-delà du bois, des champs labourés s'étendaient à découvert, vers l'est. Il n'eut pas à chercher longtemps. Dimitri trottinait là-bas, la tête dans les épaules, sur un chemin de terre. Même à cette distance, on voyait l'angle que faisait son bras. La caisse était dessous, bien sûr.

Tillmann aurait voulu être davantage en colère, mais sa lenteur nonchalante et la pureté du petit matin n'allaient pas avec ce sentiment. Il cria aussi fort qu'il le put :

– Dimitri !

Sa voix fit jaillir des buissons une volée de perdreaux. Au loin la silhouette de Dimitri s'arrêta. Le garçon leva son bras libre, l'agita quelques secondes et reprit sa course. Ils ne le revirent jamais.

# 15
## Dans lequel l'amour fait des siennes

Plus que l'argent disparu, c'est l'amitié trahie qui peina Tillmann et ses amis. Ils cherchèrent des explications, mais aucune ne leur parut satisfaisante.

— Il était jaloux de toi, estima Lucia, et égoïste.

— Il n'aimait pas les gens, dit Shawnee.

— C'est comme ça, on n'y peut rien… bougonnait Monsieur Mangetout en haussant les épaules, et il ajoutait : Encore heureux qu'il ait pas emmené la chèvre !

Il leur fallut quelques jours pour se faire à cette idée : on n'y pouvait rien. Puis la vie reprit, un peu plus légère maintenant que Dimitri n'était plus là. Son absence ne causait pas un si grand tort à leur spectacle, et ils eurent tôt fait de reconstituer leurs économies. Lucia retrouva son espièglerie d'avant, et Shawnee sa gaieté. Bref, la petite troupe redevint ce qu'elle était.

Peu de temps après ces événements, le Petit Théâtre Ambulant, composé désormais de quatre artistes et d'une chèvre blanche, arriva dans une très grosse bourgade. C'était jour de marché et, bien que le temps fût à la pluie, le public se pressa nombreux devant la remorque. Lucia et Shawnee se surpassèrent dans leur numéro et reçurent une véritable ovation. La petite femme en était encore à saluer que les premières gouttes éclatèrent sur les planches. Alors Tillmann sauta à côté d'elle, sa veste remontée sur la tête :

— Mesdames et messieurs, merci de votre gentillesse et de votre attention. Lucia va passer parmi vous avec le chapeau. Donnez ce que vous voulez – ce que vous pouvez ! Et si quelqu'un avait la possibilité de nous offrir un toit pour cette nuit, vu le temps, nous accepterions avec plaisir. Une grange ou un coin de hangar nous suffisent. Merci à tous !

Là-dessus, il se réfugia avec les autres sous le marché couvert tout proche. Ils venaient d'y arriver quand un petit homme distingué s'approcha d'eux. Son veston, sa canne, ses chaussures cirées, sa moustache bien taillée, tout en lui était soigné et délicat. Il ôta son chapeau et s'adressa ainsi à Tillmann :

— Monsieur, je tiens à vous féliciter, vous et votre merveilleuse troupe ! Vous nous avez fait passer un moment de pur bonheur, si si vraiment ! J'aime les artistes, et pour peu qu'ils soient remarquables (et vous l'êtes !) je fais plus que les aimer : je les adore ! Permettez-moi de me présenter : je m'appelle Jack Turtlebee et suis moi-même musicien. Oh, je n'ai pas la prétention de vivre de mon art, non. À vrai dire, je subsiste grâce à des cours que je donne. Voilà, je vous renouvelle mes félicitations, et ne veux pas vous déranger davantage. Je vous laisse à vos nombreux admirateurs !

Tillmann regarda autour de lui. Les « nombreux admirateurs » ne se bousculaient pas.

— Oh mais non, monsieur Turtlebee, répondit-il tandis que la pluie tombait maintenant à verse et rebondissait sur le pavé de la rue. Oh mais non, vous ne nous dérangez pas. Bien au contraire. La plupart des gens ne savent pas le dire, quand ils aiment quelque chose. Ils n'osent pas, sans doute. Permettez que je vous présente la troupe. Voici Monsieur Mangetout dont vous avez admiré la force.

— Et comment ! fit Turtlebee. Mon ami, laissez-moi vous dire que vous êtes un colosse !

— Merci m'sieur ! grogna l'hercule.

— Voici Shawnee, notre chanteuse, continua Tillmann.

Turtlebee remit son chapeau afin de mieux pouvoir l'enlever :

— Madame, mes hommages. Vous chantez divinement bien.

– Oh, merci… vraiment… fit Shawnee et ses joues se nuancèrent de rose.

– Et voici Lucia, danseuse et acrobate.

Là, le petit homme se pencha un peu et il sembla à Tillmann qu'il avait du mal à trouver ses mots.

– Et bien, mademoiselle… sachez que je… que j'ai beaucoup apprécié votre prestation. Vous êtes d'une souplesse et d'une grâce… comme on n'en voit pas tous les jours.

– Merci monsieur, vous êtes bien aimable, fit Lucia et elle salua d'une courbette.

– Vous l'êtes bien davantage encore, mademoiselle.

– Je ne sais comment vous remercier, monsieur…

– Mais en restant comme vous êtes, mademoiselle, ni plus ni moins.

Les autres échangèrent des regards amusés. Cet homme était vraiment drôle et plus que charmant.

Ils bavardèrent ainsi quelques minutes, puis la pluie se calma et Turtlebee fit ses adieux :

– Au revoir, chers amis. Je vous souhaite un excellent séjour dans notre ville et, si nous n'avons pas le plaisir de nous y revoir, je vous dis bonne route et bonne chance !

Là-dessus, il s'éloigna à petits pas prudents pour éviter de mouiller le bas de son pantalon dans les flaques. On le croyait parti lorsqu'il réapparut au bout de la place et trottina vers eux.

– Ah ! J'oubliais le plus important ! Vous cherchez un toit, n'est-ce pas ? J'habite pour ma part une mansarde exiguë et malgré la meilleure des volontés je ne pourrais pas vous y accueillir, mais mon cousin qui est fermier possède une grange qu'il pourrait peut-être... Écoutez, je m'en vais de ce pas lui demander s'il serait prêt à vous la prêter pour la nuit.

Moins d'un quart d'heure plus tard, il revint, essoufflé mais rayonnant :

– Bonne nouvelle ! Bonne nouvelle !

La grange était plus confortable que certaines mauvaises auberges où ils avaient dû dormir quelquefois. Et le cousin se montra le plus cordial des hommes, à croire que c'était l'usage dans la famille.

– Installez-vous à votre aise ! dit-il en arrangeant le foin avec sa fourche, et restez tant que vous voudrez ! Si vous voulez des œufs ou autre chose, demandez, ne vous gênez pas !

Ils lui achetèrent un poulet bien dodu qu'ils préparèrent le soir même.

– Ça nous rappellera Globus... commenta Monsieur Mangetout en plumant la volaille.

Comme le cousin n'avait pas de table assez grande, on en improvisa une dans la cour avec une porte posée à plat sur des tréteaux. Turtlebee vint leur rendre visite à la fin du repas pour « voir si tout allait bien ». Il repassa le lendemain matin pour « voir si tout allait toujours bien » et à midi pour le cas où « ils auraient besoin de quelque chose ». Le soir, il vint vérifier « que rien ne leur manquait » et le jour suivant « juste comme ça pour dire bonjour ».

La ville était suffisamment grande pour qu'ils puissent se produire plusieurs fois, et c'est ce qu'ils firent. Il suffisait de changer de quartier. Mais où qu'ils aillent, une chose ne variait pas : Turtlebee se tenait au premier rang et applaudissait frénétiquement chaque numéro. Quand Lucia passait près de lui avec le chapeau, il y déposait sa pièce et ne manquait pas de chuchoter un compliment à l'artiste. Chaque soir, les autres la taquinaient afin qu'elle leur dise ce qu'il avait imaginé cette fois. Et elle finissait par avouer. C'était par exemple : « Mademoiselle Lucia, vous m'avez subjugué… » ou bien : « Quel talent, Mademoiselle ! Ah quel talent !… » Ou bien encore : « Vous vous êtes sur-pas-sée ! »

Cela dura une semaine, puis les recettes commencèrent à diminuer. Évidemment ! Toute la population ou presque avait vu le spectacle au moins deux fois ! Alors Tillmann estima qu'il fallait penser à reprendre la route, et il l'annonça à la troupe. Ils finissaient d'avaler leur petit déjeuner dans la cour, bien installés à leur table habituelle. Marika broutait un peu plus loin, attachée à un piquet.

— Oui, fit Monsieur Mangetout en refermant son couteau, tu as raison, on s'encroûte ici !

Shawnee et Lucia baissèrent la tête et ne dirent rien.

— Vous n'êtes pas d'accord ? demanda Tillmann.

— Si… répondirent les deux femmes, mais leur « si » sonnait triste et voulait presque dire « non ».

Comme il était encore tôt, et qu'il avait tout son temps, Tillmann partit seul faire une promenade dans les collines qui surplombaient la ville. Il marcha une bonne heure, mais il ne vit rien de la belle campagne ni des sentiers ensoleillés. Il réfléchissait.

Bien ! se dit-il enfin, sans cesser d'avancer à grands pas, voyons la vérité en face. Un : monsieur Turtlebee est amoureux de Lucia. Deux : Lucia est amoureuse de monsieur Turtlebee. Est-ce qu'elle va vouloir le quitter ? Non. Est-ce qu'elle va vouloir *nous* quitter ? Non. Alors que faire ? Si grand-mère Fulvia était là, elle dirait que la solution est évidente : il faut emmener monsieur Turtlebee avec nous ! Après tout il est musicien, il constituerait une recrue de choix ! Certes, mais est-ce qu'il n'est pas un peu délicat pour mener cette vie vagabonde ? Tillmann l'imaginait très mal désembourber la remorque ou coucher dans la paille.

Comme il rentrait à la ferme en brassant ces problèmes compliqués, il tomba sur Shawnee et Lucia, assises sur une pierre, au bord du chemin. Toutes deux avaient les yeux rougis et venaient à coup sûr de pleurer.

— Ça ne va pas ? demanda-t-il, un peu hésitant et craignant de les gêner. Je peux faire quelque chose ?

Lucia leva sa menotte et l'agita devant elle comme un éventail.

— Non. Je te remercie, mais ce sont… des affaires de femmes… des affaires de cœur. Tu ne comprendrais pas.

— Je crois que je comprendrais très bien, se vexa Tillmann. Je crois surtout qu'il faut qu'on se parle pour de bon.

— Tu as raison, renifla Lucia. Parlons. Assieds-toi là. Je vais t'expliquer ce qui se passe.

— Ne me prends pas pour un idiot, répondit le garçon. Je ne suis peut-être pas une femme, mais ça ne signifie pas forcément que je suis un balourd incapable de deviner ce genre de chose.

— Bien sûr que non, excuse-moi… Tu sais tout alors ?

— Mais oui, je sais tout, Lucia. Je ne suis pas aveugle. Alors ? Qu'est-ce que tu comptes faire ? Repartir avec nous ?

Elle le dévisagea, interloquée.

— Évidemment que je repars avec vous ! Que veux-tu que je fasse d'autre ?

— Et bien, c'est-à-dire… j'avais pensé que tu voudrais peut-être rester avec…

— Avec ?

— Et bien avec monsieur Turtlebee…

La bouche de Lucia s'ouvrit toute grande :

— Moi ? Avec monsieur Turtlebee ?

À cet instant, Tillmann eut une sorte de vertige et le sentiment qu'il n'avait rien, mais alors rien compris du tout. Lucia, blottie contre Shawnee, caressait doucement l'énorme main ronde. Les deux femmes se regardèrent et pouffèrent de rire.

— Tillmann ! Qu'est-ce que tu t'es imaginé ?

— Rien… rien du tout… reprit le garçon rouge

comme une pivoine quand un peu d'air voulut bien revenir dans ses poumons. C'est donc… enfin… c'est Shawnee qui reste, quoi ?

— Mais oui, bien sûr. Qu'est-ce que tu as cru ?

La grosse femme hocha la tête. Les larmes coulaient à nouveau sur ses joues.

— Oui, je reste avec Jack Turtlebee. Nous sommes amoureux. Je vous aime beaucoup aussi et je viens de passer avec vous les plus beaux jours de ma vie. Vraiment, ça me fend le cœur de vous quitter, mais j'ai fait mon choix. Jack est mon homme, je le sais. Les gens diront ce qu'ils voudront, je m'en contrefiche.

— Mais… mais c'est magnifique ! bégaya Tillmann, content d'être déjà assis, sans quoi il serait sûrement tombé à la renverse. C'est magnifique ! Il ne faut pas pleurer !

Là-dessus, Shawnee redoubla de larmes car, on le sait bien : c'est justement quand on dit aux gens de ne pas pleurer qu'ils se transforment en fontaine. Lucia l'accompagna de bon cœur, et Tillmann dut faire appel à toute sa fierté pour ne pas s'ajouter à leur duo.

Tillmann, Lucia et Monsieur Mangetout restèrent quelques jours de plus afin de célébrer les fiançailles de Shawnee et de Jack Turtlebee. Pour être une belle fête, ce fut une belle fête. Plus de cent personnes furent invitées dans la cour de la ferme du cousin. Monsieur Mangetout, que le vin avait égayé, défia tous les hommes de l'assemblée au « lever d'enclume ». Lucia dansa sur les tables et fit voler sa belle robe de spectacle sous le nez des convives. Des musiciens, amis de Jack, vinrent jouer des rythmes endiablés à la guitare et au violon. On se coucha très tard dans la nuit.

Quand le Petit Théâtre Ambulant reprit sa route, dans la matinée du lendemain, tout le monde avait la tête et le cœur un peu à l'envers. Shawnee avait tenu à ce que ses compagnons gardent la remorque. Il leur suffirait d'accrocher des tissus sur les côtés pour remplacer ses robes.

— Ce sera pareil, dit-elle.

— Oui, exactement pareil, répéta Lucia et son petit visage chagrin disait le contraire : Non, Shawnee, sans toi, rien ne sera plus pareil.

Ils s'éloignèrent sur le chemin, tandis que Jack Turtlebee, son cousin et Shawnee agitaient leurs mouchoirs. Monsieur Mangetout tirait la remorque sur laquelle Lucia s'était assise. Tillmann venait derrière, et Marika, la chevrette blanche, fermait la marche.

# 16

## Dans lequel Marika
## n'est pas loin de provoquer
## une catastrophe

Ils s'efforcèrent de rester gais tout de même. Après tout, Shawnee serait certainement heureuse avec ce brave Turtlebee ! Alors pourquoi être triste ? D'ailleurs, ils pourraient très bien repasser ici de temps en temps pour la revoir.

Comme deux artistes manquaient à présent, il fallut apporter des modifications au spectacle. On ne changea rien au numéro de Monsieur Mangetout, pas plus qu'à celui de Marika. Mais Lucia, qui venait en troisième, agrémenta le sien d'une entrée plus amusante. Elle se cachait dans une boîte d'environ trente centimètres de côté, posée sur la scène, et elle s'agitait tellement dedans que la boîte tressautait sur elle-même. Puis elle donnait des coups contre le couvercle jusqu'à ce que Tillmann, qui jouait les intrigués, le soulève. Voir sortir cette petite créature d'un espace aussi exigu épatait les spectateurs. À la fin de sa prestation, elle y entrait à nouveau et se remettait à taper. Mais quand Tillmann ouvrait la boîte, il n'y avait plus personne dedans. La danseuse s'était évaporée !

L'explication ? Et bien, d'une part Monsieur Mangetout avait découpé une trappe dans le plancher de la remorque, juste à l'endroit où était posée la boîte, et d'autre part le fond de la boîte pouvait s'escamoter. Il suffisait à Lucia de sortir par en bas et de bien tout refermer au-dessus de sa tête.

L'effet saisissant de sa « disparition » et le succès remporté les incitèrent à creuser l'idée d'un numéro de magie pour Tillmann. Comme on l'a dit, il ne pouvait en aucun cas dévoiler le prodige dont il était capable. Cela aurait déclenché trop de tapage. Mais Lucia était décidément très maligne :

— Écoute, Tillmann. D'habitude les prestidigitateurs ont un truc et ils font tout leur possible pour le cacher, tu es d'accord ? Et bien avec toi, ce sera le contraire ! Tu n'as pas de truc, mais tu dois faire croire aux gens que tu en as un !

Ils mirent soigneusement au point toute la manœuvre. Tillmann se procura une vaste cape noire, et c'est ainsi vêtu qu'il apparaissait maintenant au public. Lucia et Monsieur Mangetout tendaient devant lui un rideau qui cachait le bas de son corps. Il s'élevait à un mètre environ, puis se plaçait à l'horizontale, comme sur un lit. Ensuite on ôtait le rideau, mais la cape, qui tombait de ses épaules jusqu'au sol, permettait aux spectateurs de penser que le « truc » était dissimulé dedans. Lucia passait ensuite un cerceau autour de Tillmann, comme font les magiciens. Elle commençait par les pieds mais, lorsqu'elle arrivait à la cape, elle simulait une difficulté. Elle hésitait quelques secondes puis elle soulevait soudain la cape et passait le cerceau le plus vite possible, comme s'il y avait là quelque chose à cacher.

Le public était ravi, mais Tillmann ne trouvait pas ça très glorieux.

– C'est comme si on demandait à un bon musicien de jouer faux ! se plaignait-il, dépité. C'est déprimant !

Mais il fallait bien remplir la caisse, d'autant plus que les premiers frimas arrivaient et, avec eux, la contrainte de dormir parfois dans des auberges. Aussi Tillmann continua-t-il courageusement à se sacrifier et à ne *pas* montrer ce qu'il savait faire.

Sans qu'ils l'avouent, l'approche de l'hiver les inquiétait. Bientôt viendrait la neige peut-être. S'habiller, manger, se déplacer : tout se compliquerait avec le froid et cette fichue nuit qui tomberait de plus en plus tôt. La présence chaude et réconfortante de Shawnee leur manquait. La remorque était moins lourde, certes, et on pouvait voyager beaucoup plus vite, mais pour aller où ? Qu'allait-il leur

161

advenir à la longue ? Ils avaient été cinq, puis quatre, et maintenant ils n'étaient plus que trois. Comment cela allait-il finir ?

Cette incertitude resserra encore les liens entre eux. Monsieur Mangetout força un peu sa nature et se mit à parler davantage. Lucia ne rata jamais une occasion de faire rire ses camarades, et Tillmann fit de son mieux lui aussi pour préserver la bonne humeur. Et c'est ainsi que le Petit Théâtre Ambulant parvint, malgré tout et tout, à traverser joyeusement l'automne.

Mais hélas, il ne put guère aller plus loin.

C'était un après-midi brumeux. Tillmann et Monsieur Mangetout tiraient côte à côte la remorque sur laquelle Lucia était assise, enfouie sous plusieurs couvertures. La route allait tout droit entre les champs et les terres labourées. Le village espéré n'était plus très loin sans doute. On n'entendait que la chanson familière des roues sur les pavés et les cris de quelques rares corbeaux dans le ciel bas.

— On change ? demanda Tillmann.

Tous les quarts d'heure environ, ils inversaient leur position afin de ne pas fatiguer toujours le même bras. Ils lâchèrent donc le timon et, dans le silence qui suivit, ils entendirent la vibration dans l'air. Ils se figèrent. Lucia se redressa, étonnée par leur immobilité soudaine.

— Qu'est-ce que vous faites ? demanda-t-elle.

— Chtt ! fit Tillmann. Tais-toi !

Cela revenait avec régularité, durait quelques secondes et s'éteignait. Puis revenait. Puis s'éteignait. À force d'écouter, ils finirent par distinguer des sons dans ce grondement lointain. Cela faisait comme une longue plainte grave :

— ... o-o-o... e-e-e... i-i-i...

Et puis encore :

— ... o-o-o... e-e-e... i-i-i...

— Allons-y ! fit Tillmann et il saisit le timon. Il ne faut pas rester ici !

Ils marchèrent aussi vite qu'ils le purent pendant un kilomètre. Leur souffle s'emballait. Les roues cahotaient, grinçaient sur leur axe.

— On change ? demanda Tillmann.

Ils s'arrêtèrent de nouveau, et ce qu'ils craignaient arriva. Le grondement s'était rapproché. Cela faisait :

— ... O-O-O... E-E-E... I-I-I...

Et puis encore :

— ... O-O-O... E-E-E... I-I-I...

Lucia, qui avait sauté de la remorque, les rejoignit en courant.

— Tillmann ! Oh non ! gémit-elle et elle enlaça sa jambe comme font les enfants.

— Il faut aller plus vite ! gronda Monsieur Mangetout.

Ils empoignèrent le timon et repartirent à la course. Sur la remorque, Lucia s'accrocha pour ne pas être projetée par-dessus bord. Marika, attachée à l'arrière par sa corde, avait du mal à suivre l'allure. Ils coururent longtemps, craignant d'entendre la voix dès qu'ils s'arrêteraient. Mais maintenant, voilà qu'elle dominait le bruit des roues et de leur souffle haletant :

– O-O-OS… E-E-ER… I-I-IMM… ! faisait-elle. O-O-O-OS… E-E-ER… I-I-IMM… !

Et elle résonnait, toujours plus proche, comme sortie d'une bouche immense qui finirait par les rejoindre, les happer et les engloutir.

– Là ! Un chemin sur le côté ! cria Monsieur Mangetout et ils virèrent en une manœuvre si brutale que la remorque se renversa dans le fossé.

Ils y sautèrent pour la redresser mais la boue glissante les empêcha d'y parvenir. Lucia avait disparu dessous et elle appelait :

– Au secours ! Je suis coincée !

Marika, emberlificotée dans sa corde, gisait au sol et elle gigotait avec frénésie tandis que ses bêlements désespérés retentissaient dans la brume. La voix terrible se rapprochait et Tillmann vit qu'ils n'auraient jamais le temps de remettre de l'ordre dans cette pagaille.

– Il faut se cacher ! cria-t-il et, au lieu de continuer à s'échiner sur la remorque, ils la basculèrent au contraire un peu plus loin dans le fossé.

Le talus était couvert de buissons et, avec un peu de chance on ne les verrait pas de la route. Lucia, qui avait réussi à se dégager, les rejoignit et ils se tapirent tous les trois entre le talus et la remorque à demi retournée. Restait Marika, toujours empêtrée dans sa corde, et qui ne cessait pas de bêler.

– Marika ! Tais-toi ! lui ordonna Monsieur Mangetout.

Mais la chevrette affolée l'ignora. Alors Tillmann jaillit de sa cachette et courut la délivrer de ses liens.

– OS-TER-GRI-I-I-IMM ! grondait la voix. OS-TER-GRI-I-I-IMM ! et elle emplissait tout l'espace.

La petite chèvre blanche était maintenant avec eux, mais ils avaient beau la gronder, la caresser, la menacer, elle continuait inlassablement de bêler : « Bêêêêê ! Bêêêêê ! Bêêêêê ! » comme une mécanique infernale impossible à stopper, « Bêêêêê ! Bêêêêê ! ».

– Marika, tais-toi ! supplièrent-ils en vain et à tour de rôle, puis Tillmann eut une idée géniale et désespérée.

– Mesdames et messieurs, commença-t-il à la stupéfaction de ses deux amis, j'ai l'honneur de vous présenter Marika, notre chèvre mathématicienne ! Elle est capable de…

– Tillmann ! s'écria Lucia en s'agrippant à son bras, qu'est-ce qui te prend ! Ce n'est pas le moment ! Tu es devenu fou ou quoi ?

– Bêêêêê ! Bêêêêê ! Bêêêêê ! s'entêtait Marika.

– Attends ! répondit Tillmann, laisse-moi faire !

Et il continua sur le ton enjoué et détendu qu'il avait en représentation :

– Marika, s'il vous plaît, combien font neuf moins sept ?

La chevrette s'interrompit brusquement, ce qui était déjà un succès, puis elle parut s'interroger. Enfin elle leva sa barbiche, bêla deux fois, bien nettement :

– Bêê ! Bêê ! et… elle se tut.

Tous les trois poussèrent un soupir de soulagement, mais la menace était loin d'être passée.

– OS-TER-GRI-I-I-IMM ! tonnait la voix dans la plaine.

Les oiseaux s'étaient enfuis depuis longtemps et l'air froid portait loin les formidables vibrations :

– OS-TER-GRI-I-I-IMM.

Serrés les uns contre les autres derrière la remorque, ils n'en menaient pas large. Monsieur Mangetout lui-même n'était pas loin de trembler. Ils crurent plus de dix fois que ceux qui les chassaient étaient tout près et qu'ils allaient enfin passer, mais le fracas s'amplifiait sans cesse et la voix augmentait à ce point de volume qu'ils se bouchèrent les oreilles.

Enfin la calèche surgit.

Elle était tirée par deux chevaux dégoulinant de sueur. Assis à la place du cocher, Draken, vêtu d'un manteau noir, tête nue dans le vent, brandissait son fouet et harcelait les bêtes. Il avait l'air d'un demi-fou avec ses yeux exorbités et ses cris de rage. À ses côtés se tenaient deux des frères Dombrovski, agrippés à leur siège. La calèche s'éloigna, les roues arrière touchant à peine le sol. On aurait dit que le diable venait de passer avec son équipage.

Il n'était plus question de rester sur la route. Ils sortirent à grand-peine la remorque du fossé, remirent en place tout ce qui avait valdingué alentour, attachèrent de nouveau la petite chèvre à sa corde, et ils se remirent en marche, le cœur battant la chamade.

Le chemin s'en allait dans les herbes. Où ? Il était impossible de le savoir avec cette brume et il n'aurait servi à rien que Tillmann s'élève pour regarder d'en haut. Il serait redescendu trempé et c'est tout. Trouveraient-ils un village où s'abriter pour la nuit ? Ils l'ignoraient. Ils marchèrent ainsi à l'aveuglette jusqu'au moment où la nuit descendit pour de bon. Alors ils s'arrêtèrent, là où ils se trouvaient.

Ils se glissèrent tous les trois sous la remorque, mangèrent leurs provisions, burent un peu du lait de Marika et chacun s'installa comme il le put pour la nuit.

# 17

## Dans lequel Tillmann réussit quelque chose qu'il n'avait jamais réussi avant

Le lendemain matin, la brume était devenue brouillard. Ils cheminèrent la journée entière dans l'espoir de rencontrer un village où se remettre de leurs émotions et se restaurer un peu. Mais il semblait ne pas y avoir âme qui vive dans cette région.

À la fin de l'après-midi, ils arrivèrent enfin dans un bourg qui comptait une vingtaine de maisons construites en pierre grise. L'herbe recouvrait la place. Ils s'y arrêtèrent et Lucia, debout sur la remorque, joua du tambour pour rassembler la population. Quatre enfants, très jeunes et dépenaillés, s'approchèrent, puis deux autres un peu plus grands. Trois femmes au visage sévère s'ajoutèrent à eux, puis un vieillard centenaire, et c'est devant ce maigre public que le Petit Théâtre Ambulant donna, sans le savoir, sa dernière représentation.

Monsieur Mangetout tordit sa barre de fer et vainquit les six enfants au tir à la corde. Marika bêla comme il le fallait. Lucia apparut, dansa et disparut. Tillmann décolla, s'allongea sur son lit de rêve et redescendit. Les trois femmes applaudirent, le vieillard agita sa canne pour montrer qu'il avait apprécié, les enfants crièrent « encore ! encore ! », un âne se mit à braire.

Lucia sortait de sous la remorque, le chapeau à la main, lorsque la voix lointaine, à peine audible, leur parvint :

— ... o-o-o... e-e-e... i-i-i...

Inutile cette fois de prêter l'oreille. Ils n'eurent pas à se concerter. Il leur suffit de se regarder et, sans dire un mot, ils plièrent bagage.

— Vous partez déjà ? demanda une femme que le spectacle avait déridée. J'aurais quelques pommes si vous les aimez.

— Pas le temps, madame ! Merci quand même ! répondit Tillmann en attachant Marika, et il cria pour tous les autres :

— Un gros homme va passer avec une calèche et demander si vous nous avez vus. Dites que non, s'il vous plaît !

Tous hochèrent la tête et promirent. Moins d'une minute plus tard, la petite troupe avait quitté le bourg. Les enfants lui firent escorte une centaine de mètres en gambadant autour de Marika, puis ils les regardèrent s'éloigner en agitant les mains au-dessus de leur tête, jusqu'à ce que le brouillard les avale.

À partir de cet endroit, le chemin était revêtu de mauvaises pierres. La remorque, que Monsieur Mangetout tirait sans ménagement, cahotait et l'essieu menaçait de se rompre à chaque secousse, mais l'hercule ne s'en souciait pas : il avançait, penché en avant, ignorant les cris de Lucia :

— Monsieur Mangetout ! Arrêtez ! Nous avons perdu notre route !

Elle avait raison. Bientôt ils furent sur la lande. La terre de bruyère rendit plus sourd le bruit des roues et celui de leurs pas. D'énormes rochers gris, qu'il fallait contourner, se dressèrent devant eux, et ils allèrent au petit bonheur la chance dans cet incroyable labyrinthe de géants.

— ... O-O-O... E-E-E... I-I-I... ! fit la voix venue du fond de la brume.

Ils comprirent que les villageois n'avaient rien pu faire pour arrêter les chasseurs, ni même pour les retarder.

Soudain, il n'y eut plus de rochers, juste la lande, toute plane et douce sous les pieds. Ils avancèrent dans le brouillard sans y voir à plus de cinq mètres. C'était comme un rêve éveillé.

— Attendez ! cria Lucia et elle sauta de la remorque pour rejoindre ses deux amis.

— Qu'est-ce que tu as ? demanda Tillmann.

— Je ne vous voyais plus, pleurnicha-t-elle, et puis cette voix derrière… Elle me fait peur.

– Viens ! dit Monsieur Mangetout, et il la prit sur son bras libre.

Ils continuèrent ainsi pendant quelques kilomètres, sans se parler. Mais qu'y avait-il à dire ? Ils n'avaient pas besoin des mots pour se comprendre : ils venaient de vivre ensemble des jours inoubliables, ils avaient goûté à la grande et belle liberté, et maintenant c'était fini. Il fallait s'y résoudre.

C'est alors que Tillmann s'arrêta net :

– Écoutez !

– … O-O-OS… TE-E-ER… GRI-I-IMM ! grondait la voix.

– Ben, c'est Draken… fit Monsieur Mangetout.

– Non ! Pas ça ! souffla Tillmann. Devant nous !

Une rumeur sourde et puissante montait, toute proche, et ce n'était pas le vent.

– Je crois que nous arrivons à l'océan…

Ils se regardèrent, désemparés. S'ils arrivaient à l'océan, alors c'était bel et bien la fin de leur aventure. Lucia réagit la première.

– Allons-y ! fit-elle. Autant aller jusqu'au bout, non ?

Ils furent tous d'accord pour abandonner la remorque. Elle ne pourrait plus leur servir, désormais. Ils détachèrent Marika et, sans prendre même le temps de récupérer leurs affaires, ils se lancèrent en avant, Tillmann le premier, Monsieur Mangetout derrière lui avec la petite Lucia dans ses bras. Une surprise les attendait encore. La lande disparut d'un coup et laissa la place à une grande table rocheuse sur laquelle ils coururent sans rencontrer d'obstacle. Il fallait seulement prendre garde à ne pas trébucher dans les failles qui s'ouvraient çà et là et qu'on franchissait d'un bond. La pierre sonnait sous leur pas. La brume, poussée par le vent, faisait apparaître et disparaître le ciel devant eux.

– Attention ! s'écria soudain Tillmann, et il arrêta sa course. C'est une falaise ! Nous sommes presque au bord !

Il ne se trompait pas. On entendait le choc régulier des vagues contre la roche, en contrebas, et le vacarme du ressac. L'air saturé d'eau trempait leur visage. Ils avancèrent avec prudence. Monsieur Mangetout semblait le plus craintif. Il posa Lucia au sol et grommela :

– C'est que… c'est que j'ai jamais vu la mer, moi…

Tillmann fit à peine six pas de plus et il fut au bord de la falaise. Il plaça son pied droit à l'extrémité de la roche et se pencha en avant.

– Je suis désolé, Monsieur Mangetout, mais ça n'est pas encore pour aujourd'hui… Avec cette purée de pois on n'y voit rien !

– Je peux venir ? demanda Lucia, les mains jointes devant sa bouche.

– Oui, viens. Mais fais très attention. Marche lentement. Je te tiendrai.

Elle n'eut pas le temps d'arriver jusqu'à lui.

— OSTERGRIMM ! rugit la voix, et les trois silhouettes surgirent de la brume.

Draken au milieu, échevelé, grandes bottes jusqu'aux cuisses et manteau ouvert. Les deux Dombrovski à ses côtés, à bout de souffle, l'air exténué.

— OSTERGRIMM ! MON PETIT ! VIENS QUE JE TE PRENNE DANS MES BRAS !

Draken n'avait d'yeux que pour Tillmann. Il ignora les deux autres fugitifs et se dirigea droit sur lui.

— VIENS ! VIENS EMBRASSER TONTON DRAKEN, MMH ?

Cet homme est fou, se dit Tillmann, et sans même l'avoir décidé, il fit deux pas dans le vide. Draken s'immobilisa.

— ALLONS ! ALLONS ! NE TE SAUVE PAS ! NE ME FAIS PAS ÇA, HEIN ?

Pour toute réponse, Tillmann fit un pas de plus et resta ainsi, suspendu à un mètre de la falaise. Draken, dominant sa peur, vint à l'extrême bord et tendit son bras aussi loin qu'il le put. La colère tordait son visage, mais il s'efforça de la contenir et son ton devint suppliant :

— REVIENS, JE TE DIS ! REVIENS ! ALLEZ ! S'IL TE PLAÎT !

Le bout de ses doigts frôlait la veste de Tillmann, mais il lui aurait fallu trois centimètres de plus pour la saisir et le ramener à lui. Il penchait autant que possible son gros corps au-dessus du vide mais il n'y avait rien à faire. Au bout du compte, il explosa de rage :

— PAR MA CAISSE ! TU VAS VENIR OU JE TE TUE !

Et comme Tillmann, au lieu de lui obéir, s'éloignait encore de quelques centimètres, il hurla aux Dombrovski :

— FAITES QUELQUE CHOSE, VOUS DEUX ! ESPÈCES D'INCAPABLES ! ATTRAPEZ LA NAINE, AU MOINS !

Les deux frères marchèrent vers Monsieur Mangetout dans les bras duquel Lucia s'était à nouveau réfugiée.

— Approchez pas… leur dit-il simplement. Approchez pas…

Et comme ils ne tenaient pas compte de son avertissement, il posa Lucia au sol et la cacha derrière lui. À cet instant, un nuage de brume les noya tous et Tillmann ne vit plus rien de ce qui se passait. Il entendit seulement des bruits de lutte puis un choc sourd, semblable à celui que feraient deux noix de coco qu'on choquerait très fort entre elles : « Bong ! » Quand la brume se dissipa, les deux frères Dombrovski gisaient au sol, inertes.

— J'vous avais prévenus… grogna Monsieur Mangetout, et il reprit Lucia dans ses bras.

À présent, Draken ne savait plus quel comportement adopter. Du côté de Tillmann, et à moins qu'il lui pousse soudainement des ailes, c'était mal engagé. Aussi se tourna-t-il vers Lucia. Il avança lentement vers elle, les bras tendus :

— VIENS, MA BELLE ! VIENS ! JE TRIPLERAI TON SALAIRE, JE TE LE PROMETS. JE VOULAIS DÉJÀ LE

FAIRE JUSTE AVANT QUE TU PARTES, JE NE TE L'AI PAS DIT ? ALLEZ, VIENS...

— Avancez pas, m'sieur Draken... dit paisiblement l'hercule, et sa détermination était impressionnante.

— ALLONS, MANGETOUT, ALLONS ! TU NE VAS PAS TRAHIR NOTRE VIEILLE AMITIÉ. JE DOUBLERAI TON SALAIRE À TOI AUSSI, HMM ?

— Avancez pas, m'sieur Draken.

À cet instant, Tillmann avait une certitude : l'avantage était de leur côté. Que pouvait faire le directeur de Globus face à un garçon-volant qui lui échapperait toujours et à un colosse prêt à assommer la moitié de la Terre pour protéger la petite Lucia.

Il arriva alors une chose tout à fait inattendue, et qui changea le sort du combat. Marika, qui avait peut-être faim, vint s'appuyer à la jambe de Draken. Avec l'instinct des méchants, celui-ci comprit en une fraction de seconde quel parti il pouvait en tirer. Il empoigna la chèvre blanche, avança au bord de la falaise, et la brandit à bout de bras.

— MANGETOUT ! vociféra-t-il, DONNE LA PETITE IMMÉDIATEMENT OU JE LÂCHE LA CHÈVRE !

— Oh non ! pleura Lucia. Pas Marika ! Elle n'a rien fait !

Un sourire se dessina sur la face brutale de Draken. Il avait eu la bonne intuition. On ne voyage pas pendant des mois avec une chevrette aussi gentille que Marika sans s'attacher à elle presque autant qu'à un être humain.

— JE COMPTE JUSQU'À TROIS, menaça-t-il : UN...

La malheureuse bête, sentant le vide sous elle, se mit à bêler à fendre le cœur.

— DEUX...

Lucia se débattit tellement qu'elle échappa à Monsieur Mangetout et tomba au sol. L'un des frères Dombrovski venait de se relever, un peu sonné, et il se frottait la tête à deux mains. Elle se précipita vers lui et se jeta dans ses bras.

— Lâchez Marika, monsieur Draken ! Regardez : je me rends !

Le directeur, satisfait, ramena la chevrette contre lui et la jeta à terre.

— C'EST BIEN, dit-il. ON S'EN VA ! ALLEZ, MANGE-TOUT, VIENS AVEC NOUS, TOI AUSSI !

L'hercule hésita. Il n'avait pas plus envie de rentrer à Globus que d'abandonner Lucia. Il se tourna vers Tillmann dans l'espoir d'un conseil, d'un signe, mais celui-ci venait de reprendre pied sur la falaise.

— Je viens avec vous, dit le garçon.

Le cri perçant de Lucia l'arrêta net :

— Non, Tillmann ! Il faut qu'un de nous réussisse à s'enfuir ! Fais-le pour nous ! Va-t'en !

— Elle a raison, ajouta Monsieur Mangetout. Ça sert à rien que tu reviennes.

Déjà Draken faisait demi-tour, flairant une victoire totale.

— NE LES ÉCOUTE PAS, OSTERGRIMM ! VIENS ! VIENS ! DONNE-MOI LA MAIN !

Cela suffit à décider Tillmann. Il décolla de nouveau. Le vent de terre, qui s'était levé, le poussa en direction de la mer. Il était de nouveau inaccessible. Draken s'approcha autant qu'il le put, étira son bras au maximum. De l'ongle de son majeur il gratta un des boutons de la veste du garçon. Être si près de le tenir et ne pas y arriver l'exaspérait tant qu'il avança son pied de quelques centimètres encore et faillit tomber dans le précipice. La terreur le fit reculer. Il haleta pendant un instant, puis fixa Tillmann et cracha vers lui :

– VA AU DIABLE, OSTERGRIMM !

L'instant d'après, tous s'en allaient : Draken ouvrait la marche à grands pas, un frère Dombrovski le suivait, tenant Lucia prisonnière de ses bras, son jumeau titubait derrière, Monsieur Mangetout allait le dernier, tête basse, la chèvre Marika sur ses talons. Ils disparaissaient quand Tillmann appela :

– Lucia ! Regarde-moi.

Dombrovski, qui la portait, ne se retourna pas, mais la petite femme avait posé son menton sur l'épaule de l'homme et elle vit. Tillmann se tenait dans une verticale parfaite, avec un détail en plus cependant : il avait la tête en bas ! Et les deux bras bien tendus, comme un plongeur !

– Bravo ! cria Lucia ! Bravo ! Je savais que tu y arriverais !

– Adieu, Lucia ! répondit-il, adieu, Monsieur Mangetout ! mais déjà il ne les distinguait plus.

La dernière chose qu'il entendit fut la chèvre Marika qui bêla deux fois dans la brume.

# 18
## Dans lequel on assiste
## à une réconciliation

La brume s'était épaissie au point que Tillmann perdit bientôt tout repère. Où était la falaise ? À droite ou à gauche ? De ce côté-ci ou de ce côté-là ? Mais une question plus angoissante encore se posait à lui après la petite gymnastique effectuée pour dire adieu à Lucia : où était le haut et où était le bas maintenant ? Comment aurait-il pu le savoir ? Il flottait dans une matière sans consistance, une substance humide et froide d'un gris presque blanc.

– Hé ho ! cria-t-il dans l'espoir que les autres seraient peut-être encore à portée de voix. Hé ho ! Vous m'entendez ?

Aussitôt sorti de sa bouche, son appel parut s'étouffer, comme absorbé par du coton.

— Il y a quelqu'un ? cria-t-il encore plus fort, mais décidément les mots refusaient de s'envoler.

Il se serra dans sa veste, désemparé. Que faire à présent, sinon attendre que la brume se lève un peu, et espérer que le vent ne l'entraîne pas trop au large ? Il avait vécu depuis quelques mois des situations étonnantes, mais celle-ci était la plus folle. Il n'y avait plus rien à entendre, ni à voir, ni à toucher. Des milliards de petites particules étincelantes entraient dans ses yeux, ses narines. Il était seul et ne pouvait compter sur personne au monde pour venir le chercher là où il se trouvait à cet instant. Personne au monde ?

— Grand-mère… murmura-t-il. Grand-mère, je ne t'ai pas dérangée depuis longtemps et je suis dans de sales draps ! Viens, s'il te plaît…

Pendant quelques secondes, rien ne se passa, puis il eut la sensation d'une vague présence derrière lui.

— C'est toi, grand-mère ?

Deux éternuements lui répondirent :

— A-tcha ! A-tcha ! Qui veux-tu que ce soit, garnement ? Où es-tu ?

— Je suis là, grand-mère. Tu me vois ?

Il se retourna aussi vite que possible, c'est-à-dire très lentement, et scruta la brume afin d'y trouver la vieille dame. Mais celle-ci restait invisible. Ses vêtements, ses cheveux, les traits de son visage, tout se confondait dans le brouillard. Sa voix, pourtant, était bien présente, et elle vint chuchoter tout près, dans un soupir :

– Ah, mon garçon, tu m'en auras fait voir…

– Pardonne-moi, grand-mère.

– Tu as le don de te fourrer dans de ces pétrins… Allons, qu'est-ce que je peux faire pour toi ?

Tillmann, déjà réconforté, aurait voulu pouvoir la toucher, l'enlacer de ses bras, mais elle restait immatérielle.

– Je suis perdu, grand-mère. Je ne sais plus où je suis.

– Ah ! Et comment veux-tu que je… a-tcha !… que je le sache, moi ?

– Aide-moi au moins à sortir de cette bouillie ! S'il te plaît !

– D'accord, mon garçon, d'accord. On va tâcher de trouver la sortie !

La main douce et tiède de Fulvia se glissa dans la sienne, leurs doigts se mêlèrent et il se sentit tirer en avant. Il se laissa emporter, un bras tendu et le reste du corps à la suite, abandonné. C'était étrange. Il se rappela ce matin d'hiver où, petit enfant, il était allé patiner sur un lac gelé avec son père. Sans doute ce dernier était-il d'humeur joueuse ce jour-là. En tout cas, Tillmann s'était couché sur le dos, son père lui avait attaché la cheville au bout de sa longue écharpe et l'avait tiré sur la glace. Il s'était laissé glisser, les yeux clos, en toute confiance, et il avait gardé de cet instant-là un souvenir émerveillé.

Cette fois, il n'y avait ni lac, ni glace ni père, mais c'était la même sensation. Après quelques minutes de cet étrange voyage, il lui sembla que le brouillard se dissipait. Un coin de ciel apparut, mais peut-être était-ce l'océan. Comment savoir ?

– Grand-mère ! appela-t-il. Où sommes-nous ?

Mais dans sa main, il n'y avait plus d'autre main. Fulvia avait disparu. Le vent poussa sur lui un voile de brume qui le noya un instant encore, puis il se retrouva soudain dans la clarté du jour. Chaque chose reprit sa place : le ciel gris en haut, la mer grise en bas, et lui entre les deux. Nulle côte en vue, mais là-bas, sur les flots agités un bateau qui tanguait et roulait au milieu des vagues. Tillmann se dirigea vers lui à grands pas malhabiles, s'aidant de ses bras, de ses mains, pestant contre sa propre lenteur. Par chance, l'embarcation venait dans sa direction et il fut bientôt à sa verticale. C'était un vapeur d'une vingtaine de mètres dont les deux cheminées crachotaient une fumée noire.

Il se laissa descendre, avec prudence, et se posa sur le pont arrière. Un homme en imperméable, la capuche rabattue sur la tête, surgit le long du bastingage, vida un seau par-dessus bord et disparut sans le voir. Tillmann, plaqué contre la cheminée tiède, resta une minute à s'y réchauffer le dos, puis la contourna et descendit les marches d'un escalier de fer. Il suivit un couloir, passa devant des cabines aux portes fermées et atteignit un deuxième escalier. Quelques secondes plus tard, il était dans la cale, à l'abri de l'obscurité. Il avança à tâtons et finit par s'asseoir par terre, adossé à une cloison de bois. La fatigue lui tomba dessus et il se serait peut-être endormi sur-le-champ si quelque chose ne l'en avait pas empêché.

– Oh, mon père… souffla-t-il avant même d'avoir compris.

Puis il prit conscience de ce qui arrivait. Cette odeur si singulière, comment ne pas la reconnaître ? Il l'avait respirée mille fois sur les vêtements accrochés au portemanteau du corridor, là-bas, chez lui. C'était celle du chêne dont on faisait les barriques à la tonnellerie et que son père ramenait avec lui sur ses habits de travail, le soir. Il l'avait toujours aimée, cette odeur presque sucrée, et surtout la discrète nuance de noix de coco qui s'y mélangeait. Le cœur battant, il se releva et chercha, mains tendues devant lui. Les tonneaux étaient là : dix, cinquante, cent, peut-être deux cents tonneaux, alignés par rangées, empilés les uns sur les autres, et solidement calés. Tous étaient vides et neufs. Il renifla le bois, le caressa, incrédule. Tous les souvenirs se ruèrent sur lui : le corridor, la petite fenêtre grillagée, la voix joyeuse de Babeken, la cuisine au bout et la bonne qui sifflote, sa mère assise au salon, sa tasse de thé à la main. Il eut de tout cela une nostalgie violente.

Un peu de lumière descendait de l'escalier. Il y alla, se pencha sur le premier tonneau, dont le fond était faiblement éclairé et découvrit ce qu'il espérait sans trop oser y croire. Les deux lettres ! Les deux lettres entrelacées ! Le O et le G de Ostergrimm !

Terrassé de joie autant que de stupeur, il retomba assis. La tête lui tournait. Il resta quelques minutes ainsi, étourdi, le visage dans les mains, puis il se releva et monta l'escalier. Désormais, il s'attendait à tout.

Il avait raison. La porte d'une cabine, sur la droite, était entrouverte. Il jeta un coup d'œil à l'intérieur. Deux hommes conversaient, assis à un petit bureau. Du premier on voyait le profil osseux. Il fumait une pipe et tenait dans ses mains une liasse de feuilles de papier. Il considéra Tillmann, et la surprise se lut sur son visage.

– Qui es-tu ? demanda-t-il.

À cet instant, l'autre, dont on voyait seulement le dos massif et qui était occupé à écrire dans un registre, se retourna d'un bloc. C'était Hermann Ostergrimm. Sa barbe était moins noire qu'avant et ses joues amaigries. Ses yeux avaient perdu leur dureté et il en émanait une sorte de douceur inquiète. Il se leva. Sa chaise tomba. L'encrier se déversa sur le plancher.

– Tillmann ! Mon garçon !

Curieusement, il ne parut qu'à moitié étonné de l'apparition soudaine et miraculeuse de son fils sur ce bateau. Le bonheur de le retrouver emporta tout le reste. Il s'avança, bras ouverts, le souleva et le pressa contre lui.

– Oh, Tillmann ! Je savais que je te retrouverais ! On m'a pris pour un fou mais moi je savais bien que je te retrouverais.

Tous les deux pleurèrent et c'était presque aussi bon que le jour où ils avaient joué ensemble sur le lac gelé. Non, c'était bien meilleur encore.

– Pardon, mon père, de vous avoir fait tant de soucis. Et à mère. Et à Babeken.

– Non, c'est ma faute, c'est ma faute. Pardonne-moi, toi...

Le bateau jeta l'ancre le lendemain dans le port où l'on devait livrer la cargaison. Tillmann aida au déchargement et il y trouva plaisir. Il lui semblait que ses bras s'étaient allongés et que les tonneaux, avec leur forme ronde, y trouvaient naturellement leur place. Le reste du voyage fut très joyeux. Ils accostèrent plusieurs fois pour rendre visite à des clients d'Hermann Ostergrimm, mais Tillmann voyait bien que celui-ci n'avait plus la tête aux affaires. Sa seule hâte était de pouvoir rentrer à la maison, ouvrir la porte et crier :

– Bonjour tout le monde ! Venez voir par ici : je vous ramène quelqu'un !

Ils eurent en quelques jours plus de temps pour se parler que pendant tout le reste de leur vie. Tillmann apprit que son père l'avait cherché désespérément après son départ, qu'il avait d'abord écumé la ville pour le retrouver, puis la région, puis le pays entier et qu'il avait fini par s'embarquer sur tous ses bateaux de livraison dans l'espoir fou de découvrir, quelque part, une piste qui pourrait le conduire jusqu'à son fils.

De son côté, Tillmann n'eut aucune hésitation. Révéler qu'il était un « garçon-volant » lui fut impossible. Son père n'aurait pas compris. Il aurait eu peur. Il aurait pris cela pour une monstruosité et non pour une grâce. Alors il inventa…

Il inventa que le jour de Carnaval, il avait rencontré une troupe de théâtre ambulant. Il leur manquait un « présentateur » et, comme il était triste et en colère, il avait accepté de les suivre. Il avait eu tort, bien sûr. Il regrettait. Il était désolé. Pour le reste, il put dire la quasi-vérité : la vie sur la route avec la troupe ; les représentations sur les places des villages ; Dimitri qui avait volé la caisse avant de disparaître ; l'adorable Lucia ; Shawnee qui avait trouvé l'amour. Il dut inventer à nouveau pour expliquer sa présence sur le bateau, mais il y mit un peu de vrai tout de même :

– Nous avons été poursuivis par une espèce de recruteur, un grand type bizarre qui voulait nous enrôler de force dans son théâtre… Comme nous refusions, il a payé deux hommes pour nous capturer… Nous nous sommes sauvés, mais dans le port j'ai perdu les autres… Un des deux hommes, un borgne avec une cicatrice sur la joue, m'a rattrapé… Alors j'ai couru au hasard et j'ai sauté dans le premier bateau venu pour me cacher… J'étais tellement fatigué que je me suis endormi dans la cale… Quand je me suis réveillé, on était en mer et j'ai senti l'odeur des tonneaux… Voilà comment c'est arrivé, mon père…

– Hmm, je comprends, je comprends, faisait Hermann Ostergrimm en hochant la tête, et Tillmann ne savait pas s'il était dupe ou non.

Dire tous ces mensonges ne lui plaisait guère, mais il jugea que cela valait mille fois mieux que la vérité. C'est ainsi parfois dans la vie.

# 19

## Dans lequel on assiste à des retrouvailles et où l'histoire se finit

Babeken avait grandi et quand elle dévala l'escalier extérieur pour sauter au cou de son frère, il faillit basculer sous le choc et le poids. Ses boucles blondes lui tombaient maintenant sur les épaules, son œil était toujours aussi canaille. Elle l'embrassa et le frappa en même temps :

— Espèce d'idiot ! Menteur ! Qu'est-ce que tu as fichu ?

— Je te raconterai, Babeken, je te raconterai tout, mais arrête de me battre !

L'état de Maartja Ostergrimm n'avait hélas pas changé. Quand il s'approcha d'elle, qui somnolait sur le fauteuil du salon, pour la serrer dans ses bras, elle ne comprit pas ce qui se passait et l'accueillit comme s'il était parti la veille et non pas depuis un an.

— Ah, Tillmann, dit-elle seulement, tu es là ? Est-ce que tu pourrais s'il te plaît pousser le battant de la fenêtre ? J'avais laissé ouvert pour que le chat puisse sortir, mais maintenant j'ai un courant d'air.

— Bien sûr, ma mère, j'y vais.

Elle au moins n'a pas trop souffert de mon absence, pensa-t-il pour se consoler, et il fit ce qu'elle lui demandait. La bonne réagit tout autrement. Elle devint si pâle en le voyant qu'on eut peur qu'elle tombe en syncope, puis elle se mit à pousser des cris aigus et se réfugia dans sa cuisine pour pleurer à son aise le reste de la journée.

Ce fut étonnant de voir comme la vie sut reprendre son cours habituel dès les jours qui suivirent. Il sembla que rien ou presque n'était arrivé. Peut-être Maartja n'avait-elle pas tellement tort avec son chat et ses courants d'air.

Une grande différence pourtant était intervenue : il ne fut plus question pour Tillmann d'entrer en apprentissage à la tonnellerie. Et le jour où il en parla lui-même à son père pour dire qu'il y était disposé, celui-ci répondit avec un sourire :

— Tu feras comme bon te semble, mon garçon. Je ne t'y force pas. Je comprendrai très bien que tu veuilles faire autre chose. Tu m'as l'air assez doué pour inventer des histoires par exemple, mais est-ce bien un métier ?

Tillmann rougit. Ainsi son père n'avait-il pas avalé aussi facilement tout ce qu'il lui avait raconté de ses aventures. C'était certes désagréable de s'en rendre compte, mais ceci conforta le garçon dans l'idée qu'il avait bien fait de ne pas dire la vérité, qui était beaucoup plus invraisemblable encore !

Babeken se montra plus crédule et surtout plus curieuse. Elle tanna son frère jusqu'à ce qu'il lui fasse le récit de *tout* ce qui lui était arrivé.

– Tu me l'as promis quand je te battais. Tu veux que je recommence ?

Et c'est ainsi qu'un soir, tandis que toute la maison dormait, il lui confia son secret et fit même une petite démonstration dans sa chambre à elle. En le voyant décoller doucement de la descente de lit, elle resta muette et, de mémoire de Tillmann, ce fut la toute première fois de sa vie que Babeken Ostergrimm n'eut aucun commentaire à faire sur quelque chose.

– Tu… enfin… tu fais comment ? balbutia-t-elle longtemps après qu'il fut redescendu.

– Je ne sais pas. Ça m'est naturel. Comme à toi de parler ou de rire. Ou de faire enrager les gens.

– Oui, dit-elle en hochant la tête, très facile alors…

– Voilà, très facile.

Tillmann revenu, la famille Ostergrimm vécut dans une paix retrouvée, ou plutôt dans une paix qu'elle n'avait jamais connue avant. Les ancêtres, dans leurs cadres en bois, affichèrent des mines moins austères, jusqu'à l'aïeul Ambroos, fondateur de la tonnellerie, dont le regard trahissait une bienveillance nouvelle. Robrecht, lui, avait conservé son bon sourire et il semblait se moquer un peu : « Et bien tout de même ! Vous voilà raisonnables, tous ! On aurait pu commencer comme ça, non ? »

Tillmann s'accommodait très bien de tout cela et il aurait été le plus heureux des garçons s'il n'y avait eu cette inquiétude qui revenait sans cesse et lui tordait le cœur : Que sont-ils devenus ?

« Ils », c'étaient bien entendu ses compagnons du Petit Théâtre Ambulant. Il ne se passait pas un soir sans qu'il pense à eux avant de s'endormir. *Lucia, est-ce que tu n'es pas trop triste sans Shawnee ? Monsieur Mangetout, est-ce que vous devez encore avaler des sacs de ménagère devant le public détestable de Globus ? Et toi, Shawnee, est-ce que tu ne regrettes pas d'avoir choisi Turtlebee ?* Il lui fallut patienter une année entière avant d'avoir la réponse à quelques-unes de ces questions.

C'était à nouveau Carnaval et la ville fut saisie de sa folie annuelle. Elle explosa de bruits et de couleurs, les cornemuses et les tambourins se déchaînèrent. Tillmann s'immergea dans la fête comme il l'avait fait deux ans plus tôt, mais cette fois son cœur était plus léger. Il se trouvait au bord de la grand-rue en compagnie de quelques garçons de son âge et ils attendaient, pris dans la foule, le passage de la parade des géants, lorsque cela arriva.

Il reconnut d'abord la voix claironnante et maniérée qui dominait les autres :

– S'il vous plaît ! S'il vous plaît ! Vous m'écrasez, voyons ! Laissez-moi donc passer !

Dooley ! Il ne l'avait pas revu depuis le jour de leur arrivée à Globus. Après avoir livré ses deux recrues et encaissé sa récompense, le bonhomme était sans doute reparti immédiatement en quête de phénomènes.

Tillmann chercha autour de lui et reconnut aussitôt la grande tête qui dépassait. Elle était coiffée du même chapeau difforme qu'autrefois.

– Monsieur Dooley ! appela-t-il, mais avec la musique assourdissante, l'autre n'entendit pas et entreprit de s'éloigner.

Commença alors entre les deux une partie de cache-cache agaçante. Dooley apparaissait et disparaissait au-dessus de la foule, tantôt ici tantôt là, tantôt son chapeau, tantôt ses longs bras, tantôt loin, tantôt près. Et Tillmann, qui ne voulait à aucun prix perdre sa trace, s'ouvrait un chemin en jouant des coudes et des épaules. Quand il parvint enfin à s'extraire de la cohue, il vit le recruteur qui tournait au coin d'une ruelle adjacente.

– Monsieur Dooley ! cria-t-il en se lançant à sa poursuite, arrêtez-vous ! et il se rappela que cette même scène s'était jouée deux ans plus tôt, dans la même ruelle peut-être.

Avec cette différence que les rôles étaient inversés : à présent, c'est lui, Tillmann qui cherchait à rattraper l'autre !

Dooley s'en allait à grandes enjambées en direction du port. Il se retourna plusieurs fois avant de comprendre que c'est à lui qu'on en voulait. Alors il s'immobilisa, reconnut son poursuivant et ouvrit grand les bras :

– Ostergrimm ! ça alors !

Tillmann trottina jusqu'à lui et Dooley lui tendit les deux mains.

– Ah, mon cher Ostergrimm ! Quel bonheur ! Quelle joie ! Comment allez-vous ?

– Avez-vous des nouvelles de Lucia ? demanda Tillmann sans s'embarrasser de politesses superflues.

– Oh, mais elle va très bien j'imagine. En tout cas elle… mais ne restons pas comme ça plantés au milieu de la rue. Allons donc nous asseoir dans une auberge et nous parlerons du bon vieux temps.

– Oui, du bon vieux temps où vous me faisiez assommer par des marins ?

– Oh, Ostergrimm ! Ne le prenez pas mal ! Rappelez-vous : vous n'arriviez pas à vous décider, vous étiez… comment dire… hésitant, n'est-ce pas… j'ai pensé qu'un petit coup de… main était nécessaire…

– Qu'est devenue Lucia, monsieur Dooley ?

– Et bien cette jeune personne… mais marchons, si vous le voulez bien. J'ai peur de rater le départ de mon bateau et je n'aimerais pas qu'ils partent sans moi, car j'ai à bord un lama extraordinaire qui crache en plein centre d'une cible à plus de dix pas, ainsi qu'un jeune Indien d'Amazonie capable…

– Monsieur Dooley, qu'est devenue Lucia ?

– Quelle impatience, mon cher Ostergrimm ! J'y viens, j'y viens. Commençons par le début. Vous n'ignorez pas, mon cher Ostergrimm, que la petite demoiselle est dotée d'un fort caractère, n'est-ce pas ?

Tillmann aurait aimé qu'il laisse tomber les « mon cher Ostergrimm », et qu'il accélère.

– Oui, je sais.

– Et bien figurez-vous qu'à peine rentrée de votre… escapade, dirons-nous, elle est parvenue à adresser un courrier à Sa Majesté la reine.

– Elle a écrit à la reine !

– Mais oui. Elle a alerté Sa Majesté sur les mauvais traitements infligés aux pensionnaires de Globus, leur salaire, la nourriture, enfin toutes ces choses. Rappelez-vous, mon cher Ostergrimm, je vous avais moi-même mis en garde contre cela à l'époque.

– Je ne m'en souviens pas, mais si vous le dites.

– Voilà. Et le plus beau dans l'histoire, c'est que la reine lui a répondu, ah ah ah !

– Vraiment ?

– Vraiment. Et Sa Majesté a promis une enquête. Et l'enquête a eu lieu. Avec des conséquences qui… que… comment dirais-je ?

– Oui, comment diriez-vous ?

– Et bien, à la suite de l'enquête, il s'est avéré que

monsieur Draken, qui n'était pas un saint homme, mais je vous avais prévenu contre lui aussi il me semble, vous vous rappelez ?

– Ça ne me revient pas, monsieur Dooley.

– Qu'importe, monsieur Draken, donc, a été reconnu coupable de certains agissements que la loi... comment dire...

– ... réprouve.

– C'est un peu cela. Bref, monsieur Draken a été, d'une certaine façon, et pour quelque temps, privé de sa pleine et entière liberté de déplacement.

– Vous voulez dire qu'il a été jeté en prison ?

– Oh, mon cher Ostergrimm, vous avez une façon de présenter les choses ! Mais il faut bien reconnaître qu'il y a un peu de ça.

– Et Lucia ? Qu'est-elle devenue ?

– Et bien mademoiselle Lucia a rendu visite à son amie madame Shawnee, à laquelle elle était très liée, vous le savez. Elle a séjourné là-bas quelques semaines puis elle a pris un bateau pour rentrer dans son pays, de l'autre côté de l'océan.

Tillmann eut un pincement au cœur. Savoir Lucia libre et sans doute rendue à sa famille le réjouissait, mais cela signifiait aussi qu'il ne la reverrait plus.

– Et Monsieur Mangetout ?

– Monsieur Mangetout ? Mais il est parti avec elle ! Les deux s'entendent très bien. J'ai tenté de le convaincre de rester à Globus, mais les frères Dombrovski n'avaient pas l'air d'y tenir plus que ça. On aurait dit qu'ils en avaient peur, c'est curieux, un homme aussi paisible… Enfin bref, ils l'ont laissé s'en aller avec la petite demoiselle.

– Les frères Dombrovski ? Ce sont eux qui dirigent Globus maintenant ?

– Parfaitement. Et, de vous à moi, mon cher Oster-grimm, c'est une excellente chose, car ce sont des types tout à fait é-pa-tants, je vous assure. D'ailleurs, si parfois vous aviez à nouveau le désir, qui sait ? de nous rejoindre, j'en serais vraiment…

À ces mots, Dooley s'arrêta net, et lui qui parlait couramment le mensonge, trouva soudain un accent de sincérité surprenant.

– Vous avez été le plus merveilleux artiste que j'aie jamais vu, murmura-t-il. Oui, vraiment, le plus mer-veilleux…

– Je vous remercie, monsieur Dooley.

– Au fait, reprit le recruteur sur le même ton, savez-vous toujours…, et il imita de ses longs doigts l'envol d'un papillon suivi d'un coup d'œil vers le ciel.

– Non, monsieur Dooley, ne vous fatiguez pas. Je ne sais plus le faire. C'est parti comme c'était venu. N'ayez aucun regret. D'ailleurs on arrive au port et votre bateau vous attend.

En effet, il était temps. Ils coururent jusqu'à l'em-barcadère et Dooley venait à peine de monter à bord qu'on retira la passerelle. Alors Tillmann appela une dernière fois.

– Eh ! Monsieur Dooley !

Il vérifia que personne sur le quai ne regardait dans sa direction et il décolla d'une dizaine de centimètres. Le recruteur fut le seul à le voir et, tandis que le bateau s'éloignait, il secoua longtemps la tête, agitant parfois son long index en signe de reproche.

Tillmann traversa une partie de la ville en liesse, mais il en eut vite assez des cris et des bousculades. Ses pensées allaient à ses compagnons d'aventures. Ils étaient tous dispersés maintenant : Lucia et Monsieur Mangetout à l'autre bout du monde, Shawnee avec monsieur Turtlebee et Dimitri Dieu sait où. Seule la petite chèvre Marika était restée à Globus…

Le jour baissait. Il obliqua sur sa droite et marcha très loin au hasard, devant lui. Il fut bientôt dans les faubourgs. D'ici, la ville semblait étonnamment calme. On n'entendait plus rien de la fête. Il contourna un bloc de maisons vétustes et se retrouva dans une courette déserte. C'est ce qu'il cherchait.

Il s'éleva avec une grâce et une facilité particulière ce soir-là. Les toits des maisons se révélèrent à lui, dans leur sombre mosaïque, puis le port avec ses cheminées, la mer au loin, presque noire. À l'ouest, où le soleil avait disparu, le ciel semblait en feu. Tillmann monta encore et encore, plus haut qu'il n'était jamais allé, jusqu'à ce que le souffle lui manque. Alors il bascula lentement en arrière et s'allongea sur son lit de rêve, une dernière fois. La voix fluette de Lucia lui parvint, toute proche :

— Bravo, Tillmann, bravo ! C'est la plus belle chose que j'ai vue de toute ma vie… c'est plus beau qu'une pluie d'étoiles filantes… plus beau que la danse des baleines sur l'océan… c'est… c'est comme dans un conte, mais en vrai…

Le froid le saisit et il frissonna. Très loin, là-bas, en dessous de lui, les lumières et les feux de la nuit s'allumaient peu à peu sur la ville.

C'est chez moi, se dit-il, et il commença sa descente.

# Table des matières

# Jean-Claude Mourlevat

## L'auteur

Jean-Claude Mourlevat est né en 1952 à Ambert, en Auvergne. Il fait des études à Strasbourg, Toulouse, Bonn et Paris, et exerce pendant quelques années le métier de professeur d'allemand avant de devenir comédien et metteur en scène de théâtre. À partir de 1997, il se consacre à l'écriture. Tout d'abord des contes, puis son premier roman, *La Balafre*, publié en 1998. Depuis, les livres se succèdent avec bonheur, plébiscités par les lecteurs, la critique et les prix littéraires. Jean-Claude Mourlevat a deux enfants et réside avec sa famille près de Saint-Étienne.

## Du même auteur

### Chez Gallimard Jeunesse
Silhouette
Terrienne
Le Chagrin du roi mort
Le Combat d'hiver
La troisième Vengeance de Robert Poutifard
La Ballade de Cornebique
Jefferson

### Chez d'autres éditeurs
Mes amis devenus (Fleuve éditions)
Et je danse aussi, co-écrit avec Anne-Laure Bondoux
(Fleuve éditions)
Sophie Scholl : Non à la lâcheté (Actes Sud Junior)
La Rivière à l'envers (t.1 et t.2, Pocket Jeunesse)
L'Enfant Océan (Pocket Jeunesse)
A comme voleur (Pocket Jeunesse)
La Balafre (Pocket Jeunesse)
Je voudrais rentrer à la maison (Arléa)

Retrouvez Jean-Claude Mourlevat sur son site internet :
www.jcmourlevat.com

# Marcelino Truong

## L'illustrateur

Peintre, illustrateur et auteur, de père vietnamien et de mère malouine, **Marcelino Truong** porte le nom d'une rue de Manille, la calle San Marcelino, où il est né en 1957. Une enfance voyageuse le conduit des Philippines aux États-Unis, puis de Saïgon à Londres et enfin en France. Autodidacte du dessin, diplômé de Sciences-Po Paris et agrégé d'anglais, il se lance dans la vie d'artiste en 1983. On lui doit de nombreuses couvertures dont les illustrations aux couleurs chaudes et lumineuses apparaissent régulièrement dans les rayons de littérature pour adultes ou pour la jeunesse et dans la presse. Dans son roman graphique *Une si jolie petite guerre* (Denoël Graphic, octobre 2012), il raconte son enfance à Saïgon au début de la guerre du Vietnam (1961-1963)

**Du même illustrateur chez Gallimard Jeunesse**

*Le coureur dans la brume*, de Jean-Yves Loude,
Folio Junior n° 812

*Train mystère*, de Yves Hughes, Voyage en page

*Sur les traces de Marco Polo*, de Sandrine Mirza,
Sur les traces de…,

*Au temps de la Renaissance, Lorenzo, Florence, 1469-1472*,
de Karine Safa, Le journal d'un enfant

Découvrez d'autres livres
de **Jean-Claude Mourlevat**

dans la collection

## LA BALLADE DE CORNEBIQUE

n° 1506

Si vous aimez les boucs, le banjo et les charlatans, les concours d'insultes et les petits loirs qui bâillent tout le temps, alors laissez-vous emporter dans la folle cavale de l'ami Cornebique.

## LA TROISIÈME VENGEANCE
## DE ROBERT POUTIFARD

n° 1513

Comment occuper sa retraite quand on a été toute sa vie instituteur en CM1 ? Robert Poutifard n'a qu'une idée en tête : se venger de ses anciens élèves. Leur faire enfin payer ces années de chahut et d'humiliation ! La vengeance est un plat qui se mange froid, et Robert Poutifard leur prépare une vraie surprise du chef. Ces sales mômes vont vraiment déguster !

Le papier de cet ouvrage est composé de fibres naturelles, renouvelables,
recyclables et fabriquées à partir de bois provenant de forêts plantées
et cultivées expressément pour la fabrication de la pâte à papier.

Mise en pages : Maryline Gatepaille

Loi n° 49-956 du 16 juillet 1949
sur les publications destinées à la jeunesse
ISBN : 978-2-07-064606-7
Numéro d'édition : 342314
Premier dépôt légal dans la même collection : août 2012
Dépôt légal : juillet 2018

Imprimé en Espagne par Novoprint (Barcelone)